16	3	2	13
5	10	11	8
9	6	7	12
4	15	14	1

Coleção LESTE

Fiódor Dostoiévski

UM JOGADOR
Apontamentos de um homem moço

Tradução, posfácio e notas
Boris Schnaiderman

Xilogravuras
Axl Leskoschek

editora 34

EDITORA 34

Editora 34 Ltda.
Rua Hungria, 592 Jardim Europa CEP 01455-000
São Paulo - SP Brasil Tel/Fax (11) 3811-6777 www.editora34.com.br

Copyright © Editora 34 Ltda., 2004
Tradução © Boris Schnaiderman, 2004

A FOTOCÓPIA DE QUALQUER FOLHA DESTE LIVRO É ILEGAL E CONFIGURA UMA APROPRIAÇÃO INDEVIDA DOS DIREITOS INTELECTUAIS E PATRIMONIAIS DO AUTOR.

As xilogravuras de Axl Leskoschek aqui reproduzidos foram realizadas para a edição de *Um jogador*, da Livraria José Olympio Editora, Rio de Janeiro, publicada em 1944. A Editora 34 agradece à Atrium Promoções Ltda., proprietária do Acervo José Olympio.

Edição conforme o Acordo Ortográfico da Língua Portuguesa.

Capa, projeto gráfico e editoração eletrônica:
Bracher & Malta Produção Gráfica

Revisão:
Cide Piquet
Beatriz de Freitas Moreira

1ª Edição - 1960 (José Olympio),
2ª Edição - 2004 (2 Reimpressões), 3ª Edição - 2011 (3 Reimpressões),
4ª Edição - 2019 (3ª Reimpressão - 2025)

Catalogação na Fonte do Departamento Nacional do Livro
   (Fundação Biblioteca Nacional, RJ, Brasil)

	Dostoiévski, Fiódor, 1821-1881
D724j	Um jogador: apontamentos de um homem moço / Fiódor Dostoiévski; tradução, posfácio e notas de Boris Schnaiderman; xilogravuras de Axl Leskoschek — São Paulo: Editora 34, 2019 (4ª Edição). 232 p. (Coleção Leste)

ISBN 978-85-7326-310-7

Tradução de: Igrók

1. Literatura russa. I. Schnaiderman, Boris.
II. Leskoschek, Axl, 1889-1975. III. Título. IV. Série.

CDD - 891.73

UM JOGADOR
Apontamentos de um homem moço

I	9
II	21
III	29
IV	35
V	43
VI	55
VII	67
VIII	77
IX	87
X	101
XI	117
XII	131
XIII	147
XIV	163
XV	175
XVI	189
XVII	203
Posfácio do tradutor	217

A tradução deste livro baseia-se nas seguintes edições russas: *Obras reunidas* (*Sobránie sotchnienii*), em 10 volumes, de F. Dostoiévski, Editora Estatal de Literatura (Goslitizdát), Moscou, 1956-1958, e *Obras completas* (*Pólnoie sobránie sotchnienii*), em 30 volumes, publicada pela Academia de Ciências da U.R.S.S. (Editora Naúka — Ciência), Leningrado, 1972-1990.

UM JOGADOR

Apontamentos de um homem moço

I

Finalmente, regressei, após duas semanas de ausência. Havia três dias já que a nossa gente estava em Roletenburgo. Pensei que me esperassem, sabe Deus com que ansiedade, mas enganei-me. O general tinha um ar muito independente, falou comigo de modo altivo e ordenou-me que fosse ver a sua irmã. Era evidente que haviam conseguido dinheiro em alguma parte. Tive, mesmo, a impressão de que o general se encabulava um pouco na minha presença. Mária Filípovna estava numa azáfama fora do comum e falou comigo ligeiramente; todavia, aceitou o dinheiro, conferiu-o e ouviu todo o meu relatório. Para o jantar, esperavam Miézientzov, o francesinho e ainda um certo inglês: como de costume, mal se consegue dinheiro, dá-se um jantar pomposo, à moda moscovita. Apenas me viu, Polina Aleksândrovna perguntou por que demorara tanto a voltar e, sem aguardar resposta, retirou-se. Naturalmente, agiu assim de propósito. No entanto, tínhamos que nos explicar. Muitos fatos se acumularam nesse ínterim.

Reservaram-me um cômodo pequeno, no quarto andar do hotel. *Aqui se sabe que pertenço à comitiva do general.* Tudo indica que eles já conseguiram fazer-se conhecer. Todos consideram o general um riquíssimo dignitário russo. Ainda antes do jantar, teve tempo de me dar, além de outros encargos, o de trocar duas notas de mil francos. Troquei-as no escritório do hotel. Agora, vão olhar-nos como milionários, pelo menos uma semana a fio. Quis levar Micha[1] e

---

[1] Diminutivo de Mikhail (Miguel). (N. do T.)

Nádia[2] a um passeio, mas, quando já me achava na escada, o general mandou chamar-me; queria saber para onde eu os levaria. Decididamente, este homem não me pode encarar; até gostaria de fazê-lo, mas, de cada vez, respondo-lhe com um olhar tão fixo, isto é, desrespeitoso, que ele parece ficar acanhado. Numa alocução extremamente empolada, aglomerando frases uma sobre a outra e, por fim, confundindo-se completamente, deu-me a compreender que eu devia passear com as crianças no parque, o mais longe possível do cassino. Acabou mesmo por irritar-se e acrescentou abruptamente:

— Senão, é capaz de levá-los ao cassino, à mesa da roleta. Desculpe — acrescentou — mas eu sei que o senhor ainda é bastante leviano e, provavelmente, capaz de ir jogar. Em todo caso, embora eu não seja o seu mentor, e nem queira encarregar-me de semelhante papel, de qualquer modo tenho o direito de desejar que o senhor, por assim dizer, não me comprometa...

— Mas eu nem tenho dinheiro — respondi calmamente.
— Para perder, é preciso ter o quê.

— O senhor vai recebê-lo imediatamente — respondeu o general, corando um pouco, remexeu na sua escrivaninha, consultou o livro de apontamentos e verificou que me devia perto de 120 rublos.

— Está bem, vamos acertar as contas — disse. — É preciso fazer uma redução a táleres. Bem, tome cem táleres, em conta redonda; o resto, naturalmente, não se perderá.

Tomei o dinheiro em silêncio.

— Por favor, não se ofenda com as minhas palavras, o senhor é tão suscetível... Se lhe fiz uma observação, eu, por assim dizer, acautelei-o e, naturalmente, tenho certo direito a isso...

Regressando ao hotel com as crianças, antes do jantar, encontrei uma verdadeira cavalgada. Os nossos tinham ido ver não sei que ruínas. Duas caleças admiráveis, cavalos mag-

---

[2] Diminutivo de Nadiejda (Esperança). (N. do T.)

níficos! Numa das caleças, iam *Mademoiselle* Blanche, Mária Filípovna e Polina; o francesinho, o inglês e o nosso general estavam a cavalo. Os transeuntes detinham-se para olhar; a impressão fora produzida; todavia, o general estava perdido. Calculei que, acrescentando-se aos quatro mil francos que eu trouxera aquilo que eles, aparentemente, conseguiram obter emprestado, deviam ter sete a oito mil francos; e isso era muito pouco para *Mlle.* Blanche.

Mlle. Blanche hospedou-se igualmente no nosso hotel, em companhia da mãe; o nosso francesinho também. Os criados chamam-no de *M. le Comte*; a mãe de *Mlle.* Blanche é *Mme. la Comtesse*. Bem, talvez sejam realmente *comte* e *comtesse*.

Bem que eu sabia que *M. le Comte* não me reconheceria quando nos encontrássemos ao jantar. O general, naturalmente, não teria sequer a ideia de nos apresentar um ao outro, ou, pelo menos, recomendar-me a ele; quanto a *M. le Comte*, já esteve na Rússia e sabe que pássaro miúdo é aquele que eles denominam *outchitel*.[3] Aliás, ele me conhece muito bem. Mas, confesso, apareci no próprio jantar sem ser convidado; segundo parece, o general esqueceu-se de tomar providências; senão, certamente, teria me mandado jantar à *table d'hôte*.[4] Apareci sozinho, de modo que o general olhou-me com desagrado. A boa Mária Filípovna indicou-me logo um lugar; mas fui salvo pelo fato de encontrar ali *Mister* Astley, e automaticamente passei a pertencer ao grupo.

Encontrara esse inglês estranho, pela primeira vez, na Prússia, num vagão em que ficamos sentados frente a frente, quando eu viajava no encalço de nossa gente; depois encontrei-me com ele, inesperadamente, ao entrar em França, e, ainda mais uma vez, na Suíça; eram duas vezes, no decorrer

---

[3] Forma afrancesada da palavra russa *utchítiel* (professor primário ou secundário). (N. do T.)

[4] Mesa com refeições a preço fixo. (N. do T.)

das últimas duas semanas; e agora, de repente, encontrava-o já em Roletenburgo. Nunca encontrei pessoa mais tímida; era tímido até à estupidez, e ele mesmo, naturalmente, sabia disso, pois não tinha nada de estúpido. Aliás, era de gênio muito doce e simpático. Fiz com que falasse bastante, por ocasião do nosso encontro na Prússia. Disse-me que estivera, naquele verão, no Cabo Norte, e que tinha muita vontade de visitar a feira de Níjni-Novgorod.[5] Não sei de que modo ele travara relações com o general; parece-me que estava irremediavelmente apaixonado por Polina. Quando esta entrou, ele pareceu incendiar-se. Estava muito contente pelo fato de, à mesa, eu me ter sentado a seu lado, e já me considerava, creio, seu amigo íntimo.

À mesa, o francesinho estava muito arrogante, tratava a todos com altivez e pouco caso. E em Moscou, lembro-me, parecia também inflar de importância. Estava discorrendo muito longamente sobre finanças e política russa. O general ousava, de vez em quando, contradizê-lo, mas discretamente, apenas o necessário para salvaguardar o seu prestígio.

Eu me achava numa estranha disposição de espírito e, naturalmente, antes que houvesse decorrido metade do jantar, já me fizera a habitual e indefectível pergunta: "Por que me arrasto atrás deste general e não os deixei já há muito?". De raro em raro, lançava um olhar a Polina Aleksândrovna; ela absolutamente não me notava. Por fim, fiquei irritado e resolvi fazer umas grosserias.

Comecei por intrometer-me numa conversa, abruptamente e em voz alta. Em primeiro lugar, queria brigar com o francesinho. Voltei-me para o general e, de repente, observei, em voz bem nítida e, ao que parece, interrompendo-o, que, naquele verão, os russos quase não podiam jantar à *table d'hôte*. O general fixou em mim um olhar surpreendido.

[5] Havia na cidade de Níjni-Novgorod uma famosa feira anual. (N. do T.)

— Toda pessoa que se respeita — continuei aos borbotões — acaba ouvindo impropérios e tem que suportar ofensas. Em Paris e no Reno, mesmo na Suíça, encontram-se, à *table d'hôte*, tantos polaquinhos e francesinhos que simpatizam com eles, que um russo não tem possibilidade de dizer uma palavra sequer.[6] Disse isto em francês. O general olhava-me perplexo, não sabendo se devia ficar zangado ou apenas surpreendido pelo fato de eu ter perdido a tal ponto a noção das conveniências.

— Quer dizer que alguém lhe deu, em alguma parte, uma lição — disse o francesinho com displicente ar de desprezo.

— Em Paris, comecei por brigar com um polaco — respondi — depois, com um oficial francês que defendia o polaco. Em seguida, porém, uma parte dos franceses ficou do meu lado, quando lhes contei como quisera cuspir dentro do café de um monsenhor.

— Cuspir? — perguntou o general, com expressão de altivez e surpresa, e olhando mesmo em torno. O francesinho examinava-me com desconfiança.

— Exatamente — respondi. — Dois dias a fio não me abandonou a ideia de que seria preciso, talvez, ir tratar do nosso caso, rapidamente, em Roma, e, por isso, dirigi-me à chancelaria da Nunciatura Apostólica em Paris, a fim de visar o meu passaporte.[7] Fui recebido lá por um pequeno abade, de uns cinquenta anos, esquálido e de feições glaciais, que me ouviu delicadamente, mas com uma secura extrema, e me pediu que esperasse. Embora tivesse pressa, sentei-me para esperar, desdobrei um número de *Opinion Nationale*,[8] e pus-

---

[6] Na época havia, na Europa Ocidental, muitos emigrados políticos poloneses. (N. do T.)

[7] Roma era ainda a capital do Estado Pontifício. (N. do T.)

[8] Jornal francês liberal, conhecido por seu apoio à causa da independência polonesa. (N. do T.)

me a ler os maiores impropérios contra a Rússia. Entretanto, ouvi que alguém passava pela sala ao lado, para ser recebido por monsenhor; vi também o meu abade fazendo saudações com a cabeça. Dirigi-me a ele com o mesmo pedido; disse-me então, com secura ainda maior, que esperasse mais. Algum tempo depois, entrou ali mais um desconhecido, para tratar de um caso; era um austríaco, ouviram o que tinha a dizer e conduziram-no imediatamente para cima.

Fiquei, então, profundamente despeitado; levantei-me, acerquei-me do abade e disse-lhe, com ar decidido, que, se monsenhor estava recebendo, podia tratar do meu caso também. Ele deu um passo atrás, tremendamente surpreendido. Simplesmente, não podia compreender que um desprezível russo ousasse colocar-se no mesmo nível das visitas de monsenhor. Mediu-me dos pés à cabeça e exclamou, com o tom mais arrogante, como se se alegrasse pelo fato de poder ofender-me: "Então, o senhor pensa que monsenhor vai deixar, por sua causa, o café que está tomando?". Pus-me também a gritar, mas ainda mais alto que ele: "Pois saiba que pouco me importa o café deste seu monsenhor! Se o senhor, neste mesmo instante, não acabar de preparar o meu passaporte, irei à presença dele". "Como! Ele está com o cardeal!" — gritou o abadezinho, afastando-se de mim horrorizado, lançou-se em direção à porta e abriu os braços em cruz, dando a entender que preferia morrer a deixar-me entrar ali. Respondi-lhe então que eu era herege e bárbaro, *que je suis hérétique et barbare*, e que todos aqueles arcebispos, cardeais, monsenhores etc. etc., eram a mesma coisa para mim. Numa palavra, fiz ver que não desistiria do caso. O abade lançou-me um olhar de infinita raiva, arrancou-me o passaporte e levou-o para cima. Instantes depois, já estava com visto. Aqui está; querem ver? — Tirei o meu passaporte e mostrei o visto romano.

— O senhor, no entanto... — começou o general.

— O senhor se salvou, declarando-se bárbaro e herege

— observou o francesinho, com um sorriso malicioso. — *Cela n'était pas si bête.*⁹

— Deve-se acaso imitar os nossos patrícios? Eles ficam sentados por aí, não ousam soltar um pio e estão prontos, talvez, a renegar o fato de serem russos. Pelo menos, em Paris, no hotel em que me hospedei, todos começaram a tratar-me com maior atenção, quando contei a minha briga com o abade. O gordo *pan*¹⁰ polaco, a pessoa que me era mais hostil à *table d'hôte*, ficou apagado, passando para um segundo plano. Os franceses toleraram até o fato de eu contar-lhes que, uns dois anos antes, encontrara um homem em quem um infante francês atirara em 1812, apenas para descarregar o fuzil. Aquele homem era então uma criança de dez anos, e a sua família não tivera tempo de sair de Moscou.

— Isso não pode ser! — indignou-se o francesinho. — Um soldado francês é incapaz de atirar numa criança!

— Mas isso aconteceu — respondi. — Quem me contou foi um distinto capitão reformado, e eu mesmo vi em sua face a cicatriz que a bala deixou.

O francês pôs-se a falar com muita volubilidade. O general, a princípio, apoiou-o, mas eu recomendei-lhe que lesse ao menos, por exemplo, uns trechos das *Memórias* do General Pieróvski, que fora prisioneiro dos franceses em 1812.¹¹ Finalmente, Mária Filípovna procurou desviar o rumo da conversa. O general estava muito descontente comigo, pois eu e o francês já falávamos quase aos berros. *Mister* Astley,

---

⁹ "Isso até que não foi tão tolo". (N. do T.)

¹⁰ "senhor". Em polonês no original. (N. do T.)

¹¹ Segundo uma nota das *Obras completas* de Dostoiévski, o general V. A. Pieróvski (1795-1857) escreveu *Memórias*, um trecho das quais foi publicado pelo *Arquivo Russo* (*Rússki Arkhiv*), em 1865. Nele se relata como os franceses, que estavam conduzindo uma coluna de prisioneiros de guerra russos, em 1812, fuzilavam todos os que ficavam para trás, em virtude de fraqueza e esgotamento. (N. do T.)

porém, pareceu gostar muito da minha discussão com o francês; levantando-se da mesa, convidou-me a tomar com ele uma taça de vinho. À noitinha consegui, como era preciso, falar com Polina Aleksândrovna, pelo espaço de um quarto de hora. Mantivemos nossa conversa durante o passeio habitual. Todos foram para o parque, em direção do cassino. Polina sentou-se num banco, em frente do repuxo, e deixou que Nádienka[12] fosse brincar por perto, com algumas crianças. Deixei também que Micha fosse até o chafariz, e ficamos, finalmente, a sós.

A princípio, naturalmente, falamos de negócios. Polina ficou simplesmente zangada, quando lhe entreguei apenas setecentos táleres. Estava certa de que eu lhe traria de Paris, depois de empenhar as suas joias, pelo menos dois mil táleres, talvez até mais.

— Preciso de dinheiro, custe o que custar — disse ela — e é preciso consegui-lo; senão, estou simplesmente perdida.

Comecei a interrogá-la sobre o que tinha ocorrido na minha ausência.

— Nada mais além de duas notícias que se receberam de Petersburgo: em primeiro lugar, que a vovó estava muito mal, e, dois dias depois, que ela, provavelmente, já falecera. Essa notícia procedia de Timofiéi Pietróvitch — acrescentou Polina — e ele é um homem preciso. Estamos aguardando a notícia derradeira, definitiva.

— Quer dizer que estão todos à espera, aqui? — perguntei.

— Naturalmente: todos e tudo; durante todo um semestre foi esta a única esperança.

— É a sua esperança também? — perguntei.

— Na realidade, ela nem é minha parenta, sou apenas enteada do general. Mas sei, com certeza, que há de se lembrar de mim no testamento.

---

[12] Diminutivo de Nadiejda. (N. do T.)

— Tenho a impressão de que lhe caberá uma quantia bem graúda — disse eu, concordando.
— Sim, ela me queria bem; mas, por que você tem essa impressão?
— Diga-me — respondi eu com uma pergunta — o nosso marquês, ao que parece, também foi posto a par de todos os segredos de família, não?
— E você próprio por que se interessa por isso? — perguntou Polina, olhando-me seca e severamente.
— Pudera; se não me engano, o general já teve tempo de conseguir com ele dinheiro emprestado.
— Você está adivinhando com muita exatidão.
— Ora, daria ele dinheiro se não soubesse da existência da avozinha? Você observou, acaso, que à mesa, umas três vezes, ao dizer algo sobre a vovó, ele chamou-a de vovozinha — *la baboulinka*?[13] Que relações íntimas e amistosas!
— Sim, você tem razão. Logo que ele souber que me coube também algo da herança, há de pedir a minha mão. Não era isto que você queria saber?
— Somente então pedirá a sua mão? Eu pensei que já o tivesse feito há mais tempo.
— Você sabe muito bem que não! — disse Polina com arrebatamento. — Mas onde foi que você encontrou esse inglês? — acrescentou, depois de um momento de silêncio.
— Bem que eu sabia que você iria logo fazer-me perguntas sobre ele. — Contei-lhe os meus encontros anteriores com *Mister* Astley, em viagem. — Ele é tímido e apaixonável, e, naturalmente, já se apaixonou por você, não?
— Sim, está apaixonado por mim — respondeu Polina.
— E, naturalmente, ele é dez vezes mais rico que o francês. De mais a mais, será que este possui realmente algo? Não há dúvida sobre isso?

---

[13] Transcrição francesa do diminutivo russo *babúlinka*. (N. do T.)

— Não há, não. Ele tem não sei que *château*.[14] Ainda ontem, o general me falou disso com segurança. Bem, isso basta a você?

— Em seu lugar, eu não teria dúvidas: casaria com o inglês.

— Por quê?

— O francês é mais bonito, mas é mais ignóbil; e o inglês, além de honesto, possui dez vezes mais — respondi abruptamente.

— Sim; mas, em compensação, o francês é marquês e mais inteligente — respondeu ela, com ar sobremodo tranquilo.

— Deveras? — prossegui, no mesmo tom.

— Sem dúvida alguma.

As minhas perguntas desagradavam extremamente a Polina; verifiquei que ela queria irritar-me com o tom e a rispidez de suas respostas, e, no mesmo instante, disse-lhe que o percebia.

— Sim, realmente, eu me divirto quando você se irrita. Aliás, você tem que expiar o simples fato de eu lhe permitir fazer-me tais perguntas e suposições.

— Eu me considero no pleno direito de fazer a você quaisquer perguntas — respondi tranquilo —, justamente porque estou pronto a expiá-las seja com o que for, até com a própria vida.

Polina deu uma gargalhada.

— Da última vez que falamos, foi sobre o Schlangenberg; você me disse que, a uma simples palavra minha, estava pronto a atirar-se de cabeça para baixo, e parece que ali são perto de mil pés de altitude. Algum dia, hei de dizer essa palavra, unicamente para o ver expiar tudo e, esteja certo, hei de manter com firmeza a minha decisão. Você me é odioso, justamente porque lhe permiti tanto, e, mais ainda, pelo fato

[14] "castelo". (N. do T.)

de me ser tão necessário. Mas, enquanto preciso de você, tenho que resguardá-lo.

Começou a levantar-se. Estava falando com irritação. Nos últimos tempos, ela terminava cada conversa comigo com um sentimento de rancor e irritação, um rancor verdadeiro.

— Permite você que lhe pergunte o que representa *Mademoiselle* Blanche? — perguntei, desejoso de não deixá-la partir sem uma explicação.

— Você mesmo sabe o que ela representa. Desde então, por aqui não aconteceu nada de novo. *Mademoiselle* Blanche, certamente, será esposa do general; isso, naturalmente, se se confirmar a notícia do falecimento da avó, porque tanto *Mademoiselle* Blanche como a mãe desta, e ainda o marquês, *cousin*[15] em terceiro grau, sabem muito bem que estamos arruinados.

— E o general está realmente apaixonado?

— Agora não se trata disso. Ouça e não esqueça: tome estes setecentos florins e vá jogar, ganhe para mim na roleta o mais que puder; no momento, preciso urgentemente de dinheiro.

Em seguida, chamou com um grito Nádienka e dirigiu-se para o cassino, onde se juntou a todo o nosso grupo. Tomei o primeiro atalho à esquerda, pensativo e surpreso. Aquela ordem de ir jogar na roleta foi para mim como uma pancada na cabeça. Coisa estranha: eu tinha em que pensar, e, no entanto, fiquei completamente absorto com a análise dos meus sentimentos em relação a Polina. Na realidade, aquelas duas semanas de ausência foram mais fáceis para mim do que o dia do regresso, embora, em viagem, eu sentisse uma angústia de louco, me agitasse como se me faltasse o ar, e a visse, mesmo em sonho, continuamente diante de mim. De uma feita, na Suíça, adormeci no trem e, segundo parece, pus-me a conversar com Polina, e isso fez com que todos os meus com-

---

[15] "primo". (N. do T.)

panheiros de viagem rissem. E agora, mais uma vez, formulei a mim mesmo a pergunta: eu a amo? E, mais uma vez, não soube responder, ou melhor, pela centésima vez respondi que a odiava. Sim, ela me era odiosa. Havia momentos (mais precisamente, sempre que uma conversa nossa chegava ao fim) em que eu teria dado metade da minha vida para poder estrangulá-la! Juro, se fosse possível empurrar-lhe lentamente, para dentro do peito, um punhal afiado, eu, parece-me, agarraria o cabo com delícia. E, no entanto, juro por tudo o que existe de sagrado que, se ela me tivesse realmente dito, no alto de Schlangenberg, o passeio da moda: "Atire-se de cabeça" — eu o faria no mesmo instante, e até mesmo com deleite. Eu sabia. Deste ou daquele modo, a situação tinha que se resolver. Ela compreende admiravelmente tudo isso, e a ideia de que eu tenho consciência, absolutamente exata e distinta, da sua inacessibilidade para mim, de toda a impossibilidade da realização dos meus devaneios, essa ideia, tenho certeza, causa-lhe um prazer extraordinário; de outro modo, poderia ela, que é cautelosa e inteligente, ter comigo tais intimidades e franquezas? Tenho a impressão de que, até agora, ela me olhou como aquela imperatriz da antiguidade que se despia em presença do seu escravo, não o considerando uma pessoa. Sim, muitas vezes, ela não me considerou uma pessoa...

No entanto, confiara-me um encargo: ganhar na roleta, custasse o que custasse. Eu não tinha tempo de pensar para quê, e com que rapidez, era preciso ganhar dinheiro, e que novas considerações haviam surgido naquele cérebro, que estava sempre calculando. Além disso, nas duas semanas da minha ausência, aparentemente ocorrera uma infinidade de fatos novos, sobre os quais eu ainda não tinha qualquer noção. Era preciso adivinhar, desvendar tudo isso, o quanto antes. Mas, naqueles momentos, não havia tempo para isto: era preciso ir à roleta.

II

Confesso que aquilo me era desagradável; embora eu estivesse resolvido a jogar, não contava de modo algum começá-lo para outrem. Isso até me confundia um pouco, e entrei na sala de jogo com um forte sentimento de despeito. Desde o primeiro olhar, tudo me desagradou ali. Não suporto o espírito de servilismo que se encontra nos folhetins de todo o mundo e, sobretudo, em nossos jornais russos, nos quais, quase toda primavera, os nossos folhetinistas contam dois fatos: em primeiro lugar, a magnificência e luxo extraordinários das salas de jogo nas cidades de roleta do Reno, e em segundo, as montanhas de ouro que, afirmam, ficam sobre as mesas. E esses folhetinistas não são pagos para escrever isto; contam-no apenas por espírito servical e desinteressado. Não há qualquer magnificência nessas reles salas, e o ouro não apenas não se amontoa sobre as mesas, mas até mal existe ali. Naturalmente, vez por outra, no decorrer da estação, aparece, de repente, algum excêntrico, um inglês ou um asiático, ou um turco, por exemplo, como aconteceu este verão, e, de chofre, perde ou ganha uma quantia muito elevada; mas todos os demais apostam uns escassos florins, e, normalmente, há bem pouco dinheiro sobre a mesa. Depois que entrei na sala de jogo (a primeira vez na vida), fiquei por algum tempo sem me decidir a jogar. Além disso, eu era comprimido pela multidão. Mas, ainda que estivesse sozinho, penso que iria embora quanto antes e não começaria a jogar. Batucava-me o coração, confesso, e meu estado não era de sangue-frio; já sabia com certeza — há muito o decidira — que não sairia sem maiores novidades de Roletenburgo; algo de radical e definitivo tinha que suceder indefectivelmente em meu destino. Era preciso, e assim seria. Por mais ridículo que fosse o fato de eu esperar tanto da roleta, tenho a impressão de ser ainda mais ridícula a opinião rotineira, por todos aceita, de que é estúpido e absurdo esperar algo do jogo. E por que há de o jogo ser pior do que qualquer outro meio de adquirir dinheiro, como, por exemplo, o comércio? É verdade que, em cem jogadores, ganha apenas um. Mas que tenho eu com isso?

Em todo caso, resolvi ficar a princípio prestando atenção, e não iniciar nada de sério naquela noite. Ainda que sucedesse algo, seria fortuito, ligeiro — foi o que decidi. Por outro lado, era preciso também estudar o próprio jogo; porque, apesar dos milhares de descrições da roleta, que eu sempre lia com grande sofreguidão, decididamente não compreendia nada do seu funcionamento, antes de verificá-lo pessoalmente.

Em primeiro lugar, tudo me pareceu tão sujo — sujo e ruim, de certo modo, do ponto de vista moral. Não me refiro, de maneira nenhuma, a esses semblantes ávidos e inquietos que, às dezenas, às centenas mesmo, assediam as mesas de jogo. Não vejo absolutamente nada de sujo no desejo de ganhar o quanto antes e o mais possível; sempre me pareceu muito estúpido o pensamento de um moralista supernutrido e bem provido de haveres, que, ouvindo a defesa de alguém, no sentido de que, "na verdade, joga-se aos pouquinhos", respondia: "tanto pior, porque é uma cupidez miúda". Como se a pequena e a grande cupidez não fossem a mesma coisa. É um caso de proporções. O que é miúdo para Rothschild, é uma grande riqueza para mim, e, quanto a lucros e ganhos de jogo, os homens, mesmo fora da roleta, em toda parte não fazem outra coisa senão tirar ou ganhar algo uns dos outros. Se são, de modo geral, ignóbeis o ganho e o enriquecimento, é outra questão. Mas eu não vou resolvê-la agora. Como eu próprio estivesse, no mais alto grau, possuído do desejo do ganho, toda essa ambição e toda essa imundície carregada de ambição, se assim quiserem, eram para mim, no momento em que entrei na sala, de certo modo mais familiares. A situação mais simpática é aquela em que as pessoas não se envergonham umas das outras, mas agem franca e abertamente. E para que enganar-se? É a mais vã e imprudente das ocupações! O que havia de mais feio, ao primeiro relance, em toda aquela corja de jogadores, era o respeito pela ocupação, a seriedade e, mesmo, a deferência com que todos assediavam as mesas. Eis por que ali estava demarcada nitidamente a diferença entre o jogo chamado *mauvais genre*[16] e outro permissível a uma pessoa decente. Existem dois tipos de jogo: o dos cavalheiros e o dos plebeus — este repassado da avidez de lucro, o jogo de todos os pulhas. Ali, isso estava rigorosamente diferençado; mas como esta diferença é, na realidade, ignóbil! Um cavalheiro, por exemplo, pode apostar cinco ou dez luíses de ouro, raramente mais; aliás, pode apostar mesmo mil francos, no caso de ser muito rico, mas unicamente pelo jogo em si, por divertimento apenas — em essência, para verificar o processo de ganhos ou perdas; mas de modo nenhum se deve interessar pelo próprio ganho. Depois de ganhar, pode, por exemplo, rir, fazer uma observação a alguém próximo de si; pode até apostar mais uma vez e tornar a duplicar o ganho, mas somente por curiosidade, a fim de observar as probabilidades do jogo e fazer os seus cálculos — não pelo desejo plebeu de ganhar. Em suma, deve olhar para todas as mesas de jogo, roletas e *trente et quarante*,[17] apenas como um divertimento, criado unicamente para o seu prazer. Não deve suspeitar sequer dos cálculos e artimanhas em que se baseia e pelos quais se norteia a banca. Não seria nada mau, mas nada mau mesmo, se, por exemplo, ele tivesse a

[16] "tipo ruim". (N. do T.)

[17] "trinta e quarenta", um jogo de cartas. (N. do T.)

impressão de que também os demais jogadores — toda essa canalha que treme sobre cada florim — são outros tantos ricaços e cavalheiros, como ele próprio, e jogam apenas por divertimento e desfastio. Este desconhecimento completo da realidade e um modo tão inocente de ver as demais pessoas seriam, naturalmente, aristocráticos ao extremo. Eu via muitas mamãezinhas empurrarem para a frente *misses* inocentes e elegantes, de quinze a dezesseis anos, suas filhas, e, dando-lhes algumas moedas de ouro, ensinarem-lhes como jogar. A senhorita ganhava ou perdia, com um sorriso indefectível, e afastava-se, muito satisfeita. O nosso general acercou-se da mesa, com majestosa importância; um criado precipitou-se para oferecer-lhe uma cadeira, mas ele nem sequer notou o criado; puxou lentamente o seu porta-níqueis; com igual lentidão, retirou dele trezentos francos-ouro, pondo-os, depois, sobre o preto, e ganhou o lance. Não apanhou o ganho, deixando-o sobre a mesa. Deu novamente o preto; também dessa vez não apanhou o dinheiro, e, no terceiro lance, quando saiu o vermelho, ele perdeu de uma só vez mil e duzentos francos. Afastou-se com um sorriso e conseguiu controlar-se. Estou certo de que sentia uns gatos arranharem-lhe o coração, e, fosse a aposta duas ou três vezes maior, teria perdido o controle, revelando perturbação. Aliás, vi um francês ganhar e, depois, perder perto de trinta mil francos, alegremente e sem qualquer perturbação. Um cavalheiro de verdade não deve ficar nervoso, mesmo no caso de perder toda a fortuna. O dinheiro deve ficar abaixo da condição do cavalheiro, de tal forma que não valha quase a pena preocupar-se com ele. Naturalmente, seria muito aristocrático não perceber absolutamente a imundície de todos aqueles pulhas e do próprio ambiente. Todavia, às vezes, não é menos aristocrático também o comportamento oposto, isto é, notar, prestar atenção, mesmo examinar, com um lornhão, por exemplo, toda aquela canalha: mas que não seja de outro modo a não ser aceitando toda aquela multidão e aquela imundície como uma distração de caráter especial, uma representação urdida para entretenimento dos cavalheiros. É admissível acotovelar-se a gente em meio àquela multidão, desde que se olhe em torno com absoluta convicção de que se é apenas um observador que não faz parte do conjunto. Se bem que, apesar de tudo, não convém observar com muita insistência: não será conduta de cavalheiro, pois, em todo caso, aquele espetáculo não merece uma observação prolongada e demasiado atenta. Aliás, são poucos os espetáculos que merecem uma observação extremamente atenta de um cavalheiro. No entanto, tive pessoalmente a impressão de que tudo aquilo bem merecia uma observação muito atenta, principalmente no caso de alguém que chegou ali, não para a observação em si, mas considerando-se, sincera e conscienciosamente, como parte de toda aquela canalha. E quanto às minhas secretíssimas convicções morais, naturalmente, não há para elas espaço nestas minhas reflexões. Convenhamos que assim seja; falo para limpar a consciência. Preciso, porém, observar o seguinte: nos últimos tempos, eu sentia uma repugnância horrível em conciliar minhas ações e pensamentos com qualquer critério moral. Eu obedecia a outro impulso...

A corja, realmente, joga de modo extremamente imundo. Estou, mesmo, propenso a crer que se cometem, à mesa de jogo, furtos dos mais vulgares. Os crupiês que, sentados nos extremos da mesa, fiscalizam e pagam as apostas, têm um trabalho insano. Mas, que crápulas esses crupiês! São, na maioria, franceses. Aliás, se estou observando e constatando isso, não é absolutamente para descrever a roleta, e sim para saber como proceder no futuro. Observei, por exemplo, que o fato mais comum é alongar-se, de repente, o braço de alguém, para apropriar-se daquilo que você ganhou. Uma altercação começa, não raro há gritos, mas vá provar, mesmo com o auxílio de testemunhas, que a parada é sua!

A princípio, tudo isso era uma algaravia para mim; eu apenas suspeitava e com dificuldade distinguia que as apostas podiam ser sobre números, sobre par ou ímpar e sobre cores. Naquela noite, resolvi arriscar cem florins do dinheiro de Polina Aleksândrovna. A ideia de que estava me lançando no jogo por conta alheia deixava-me um tanto confuso. Era uma sensação extremamente desagradável, e eu quis livrar-me dela o quanto antes. Tinha continuamente a impressão de que, iniciando o jogo por conta de Polina, estava solapando a minha própria sorte. Será verdade que não possamos aproximar-nos da mesa de jogo sem que a superstição imediatamente nos domine? Comecei tirando cinco *friedrichsdors*,[18] isto é, cinquenta florins, e coloquei-os no par. A roda girou e saiu o número treze; perdi, portanto. Presa de certa sensação mórbida, unicamente para dar um fim a tudo aquilo e ir embora, coloquei mais cinco *friedrichsdors* no vermelho. Saiu o vermelho. Repeti a aposta com os dez *friedrichsdors*, e saiu novamente o vermelho. Tendo recebido quarenta *friedrichsdors*, coloquei vinte sobre os doze números centrais, sem saber o que resultaria disso. Pagaram-me o triplo. Deste modo, em lugar dos meus dez *friedrichsdors* iniciais, vi-me, de repente, com oitenta. Tive um sentimento tão intolerável, em consequência de não sei que sensação incomum e estranha, que decidi retirar-me. Tive a impressão de que teria jogado de modo completamente diverso, se o fizesse para mim. Todavia, coloquei todos os oitenta *friedrichsdors*, mais uma vez, no par. Dessa vez, saiu o quatro; atiraram-me outros oitenta *friedrichsdors*, e, apanhando todo o monte de cento e sessenta *friedrichsdors*, saí à procura de Polina Aleksândrovna.

Eles estavam todos passeando em alguma parte do parque, e só consegui vê-la à hora da ceia. Dessa vez, o francês estava ausente, e o general expressou-se com franqueza: entre outras coisas, achou necessário observar-me novamente

---

[18] *Friedrichsdor* — moeda de ouro prussiana, cunhada, a primeira vez, por ordem de Frederico, o Grande. (N. do T.)

que não gostaria de me ver à mesa de jogo. Na sua opinião, ele ficaria muito comprometido, se eu, de algum modo, perdesse dinheiro demais; "contudo, mesmo que o senhor ganhe muito, eu também ficarei comprometido — acrescentou de modo significativo. — Naturalmente, não tenho o direito de dispor das suas ações, mas deve concordar comigo...". Neste ponto, como de costume, deixou a frase em suspenso. Respondi-lhe secamente que tinha muito pouco dinheiro e, por conseguinte, não me podia fazer notado pelas perdas, mesmo que me pusesse a jogar.

Subindo para o meu quarto, pude entregar a Polina o seu ganho e declarei-lhe que não ia jogar mais para ela.

— Mas por quê? — perguntou, sobressaltada.

— Porque quero jogar para mim mesmo — respondi, examinando-a surpreendido — e isso atrapalha.

— Então, continua firmemente convicto de que a roleta é a sua única saída e salvação? — perguntou com sarcasmo. Respondi, muito seriamente, que sim; e, quanto à minha convicção de ganhar infalivelmente, eu estava de acordo em que podia ser ridícula, "mas que me deixassem em paz".

Polina Aleksândrovna insistiu em partilhar comigo, meio a meio, o lucro daquela noite, e entregou-me oitenta *friedrichsdors*, propondo-me continuar a jogar nas mesmas condições. Recusei, decidida e definitivamente, a participação nos ganhos, e declarei-lhe que não podia jogar por conta alheia, não por má vontade, mas porque, certamente, ia perder.

— E, no entanto, eu mesma, por mais estúpido que isto seja, também confio quase unicamente na roleta — disse ela, pensativa. — Por isso você deve, sem falta, continuar o jogo de parceria comigo, meio a meio, e naturalmente vai fazê-lo.

— E, dizendo isso, afastou-se de mim, sem dar ouvidos às minhas objeções.

III

Todavia, passou ontem o dia todo sem me dizer palavra sobre o jogo. E, de modo geral, evitou falar comigo. Não mudou seu modo de me tratar. Ao encontrar-me, tinha o mesmo jeito displicente e, até, algo hostil e desdenhoso. De modo geral, não procura, vejo-o bem, ocultar a sua repulsa por mim. Apesar disso, não esconde igualmente que lhe sou necessário, e que me está reservando para algo. Estabeleceram-se entre nós certas relações estranhas, em grande parte incompreensíveis para mim, tomando-se em consideração o seu orgulho e altivez em relação a todos. Sabe, por exemplo, que a amo até a demência, permite-me até falar-lhe da minha paixão, e, naturalmente, não haveria um meio de expressar mais intensamente o seu desprezo por mim do que com esta permissão de lhe falar do meu amor, sem qualquer obstáculo ou contenção. Era como se dissesse: "Está vendo, faço tão pouco caso dos seus sentimentos que me é de todo indiferente o que possa dizer-me ou sentir por mim". Mesmo antes, falava-me muito dos seus negócios, mas nunca fora completamente franca. Mais ainda, em seu desdém por mim havia, por exemplo, sutilezas desta ordem: sabendo que eu conhecia alguma circunstância da sua vida ou algo daquilo que a deixava profundamente inquieta, ela mesma começava a contar-me certas particularidades sobre o assunto, no caso de se tornar necessário aproveitar-me, de algum modo, para os seus objetivos, como uma espécie de escravo ou menino de recados; sempre, porém, contava apenas o indispensável a um empregado que se utiliza como mensageiro, e caso me fosse desconhecida, ainda, toda a correlação dos acontecimentos, se ela mesma me via sofrer e inquietar-me com os seus sofrimentos e as suas inquietações, ainda assim, nunca se dignava tranquilizar-me inteiramente com a sua franqueza amistosa, embora, utilizando-me não raro em tarefas não só trabalhosas mas que até ofereciam perigo, ela tivesse, a meu ver, obrigação de ser franca em relação a mim. Mas valia a pena, acaso, preocupar-se com os meus sentimentos, com o fato de que eu também me sobressaltava e talvez me preocupasse e torturasse com as suas preocupações e insucessos, três vezes mais que ela própria?!

Eu já sabia, com umas três semanas de antecedência, da sua intenção de jogar na roleta. Chegou até a prevenir-me de que eu precisaria fazê-lo em seu lugar, pois isso não seria decente para ela. Pelo tom de sua voz, já notara então que ela era presa de certa preocupação séria, e não apenas da vontade de ganhar dinheiro. Que lhe importava o dinheiro em si?! No caso, existe um objetivo, há não sei que circunstâncias, que posso adivinhar, mas que, até o presente, desconheço. Naturalmente, a humilhação e servilismo em que ela me mantém poderiam dar-me (e, com muita frequência, realmente dão) a possibilidade de eu mesmo inquiri-la direta e rudemente. Sendo eu, em relação a ela, um escravo e bem insignificante a seus olhos, não há motivo para que se ofenda com a minha rude curiosidade. Todavia, se me permite fazer-lhe perguntas, não as responde. Às vezes, nem chega a percebê-las. Eis o que sucede entre nós!

Falou-se muito ontem, em nosso grupo, de um telegrama, enviado a Petersburgo há quatro dias, e que não teve resposta. O general está visivelmente inquieto e pensativo. Trata-se, naturalmente, da avó. Também o francês anda agitado. Ontem, por exemplo, após o jantar, passaram muito tempo numa conversa séria. O tom de voz do francês, em relação a todos nós, é altivo e displicente. Bem diz o provérbio: "Dá-se a ponta de um dedo e querem logo a mão". Mesmo em relação a Polina, usa um tom descuidado, que chega à grosseria; aliás, participa com prazer dos passeios em grupo pelo cassino ou das cavalgadas e outras excursões fora da cidade. Há muito que conheço algumas das circunstâncias que ligaram o francês ao general: na Rússia, pretendiam abrir uma usina em sociedade; não sei se o projeto fracassou ou se continuam a falar dele. Além disso, fiquei sabendo, por acaso, parte de um segredo de família: o francês realmente salvou, no ano passado, o general de um embaraço, fornecendo-lhe trinta mil rublos, para completar o que faltava na caixa, antes da transmissão do seu cargo público. E, naturalmente, o general ficou sob o seu domínio; mas agora, exatamente agora, quem desempenha o papel principal, apesar de tudo, é *Mlle*. Blanche, e estou certo de que não erro nisso.

Quem é *Mlle*. Blanche? Em nosso meio, dizem que ela é uma francesa da melhor sociedade, que vive com a mãe e dispõe de uma fortuna imensa. Sabe-se também que há certo grau de parentesco entre ela e o nosso marquês, mas um parentesco bem remoto, algo como prima em segundo grau. Conta-se que, antes da minha viagem a Paris, o francês e *Mlle*. Blanche tinham entre si relações bem mais cerimoniosas, acentuadas por uma nota de delicadeza; atualmente, porém, a amizade e parentesco entre eles parecem, de certo modo, mais rudes e íntimos. É possível que os nossos negócios lhes pareçam tão ruins, que eles nem considerem mais necessário fazer muita cerimônia conosco e simular diante de nós. Ainda anteontem notei como *Mister* Astley estava examinando *Mlle*. Blanche e a mãezinha desta. Tive a impressão de que ele as conhecia. Pareceu-me, até, que o nosso francês também se tenha encontrado antes com *Mister* Astley. Este, aliás, é a tal ponto encabulado, tímido e silencioso, que se pode quase confiar nele. Certamente, não levará lixo para fora de casa. Pelo menos, o francês mal o cumprimenta e quase não olha para ele; logo, não o teme. Isto ainda é compreensível; mas por que *Mlle*. Blanche também quase não olha para ele? Tanto mais que, ontem, o marquês se traiu: de repente, em meio de uma conversa geral, não me lembro a propósito do quê, disse que *Mister* Astley era imensamente rico e que ele tinha certeza disso; bem que era caso de *Mlle*. Blanche olhar para *Mister* Astley com maior atenção. Quanto ao general, está inquieto. Compreende-se o que pode significar para ele, agora, um telegrama comunicando a morte da tia!

Embora eu tivesse impressão segura de que Polina evitava falar comigo, e isto parecesse intencional, assumi também um ar frio e indiferente: pensava que, apesar de tudo, ela viria a mim. Em compensação, ontem e hoje, dirigi toda a minha atenção para *Mlle*. Blanche. Pobre general, está irremediavelmente perdido! Apaixonar-se aos cinquenta e cinco anos, com tanta força, é, naturalmente, uma infelicidade. Acrescentem-se a isto a sua viuvez, os filhos, a propriedade rural completamente arruinada, as dívidas e, finalmente, a mulher por quem lhe coube apaixonar-se. *Mlle*. Blanche é bonita. Mas não sei se vou ser compreendido, dizendo que ela tem um desses rostos que podem assustar. Pelo menos, sempre tive medo de semelhantes mulheres. Deve ter uns vinte e cinco anos. É alta e de ombros largos, abruptos; tem busto e pescoço magníficos; o tom da pele é moreno amarelado, e os cabelos, negros como nanquim, tão abundantes que dariam para dois penteados. Tem olhos negros, de esclerótica amarela, olhar insolente, dentes muito brancos e lábios sempre pintados; cheira a almíscar. Veste-se com imponência e riqueza, luxo, mas com muito gosto. Tem pés e mãos admiráveis. A voz é de contralto, um tanto rouca. De vez em quando, solta uma gargalhada, mostrando todos os dentes; comumente, porém, sua expressão é quieta, mas atrevida, pelo menos na presença de Polina e de Mária Filípovna. (Um boato esquisito: Mária Filípovna está prestes a voltar para a Rússia.) *Mlle*. Blanche, parece-me, não possui qualquer instrução, talvez nem seja inteligente, mas em compensação é astuta e desconfiada. Tenho a impressão de que em sua vida não faltaram aventuras. Para dizer tudo, é possível que o marquês não seja seu parente, e a mãe não seja propriamente mãe. Consta, no entanto, que, em Berlim, onde nos reunimos, ela e a mãe tinham algumas relações importantes. Quanto ao próprio marquês, embora eu, até o presente, ponha em dúvida este seu título, não parece haver dúvida de que tenha pertencido à boa sociedade, em Moscou, por exemplo, e em algumas cidades da Alemanha. Não sei o que ele representa em França. Dizem que tem um *château*. Pensei que, nestas duas semanas, muita água ia correr, e, no entanto, ainda não sei se já foi dito algo decisivo entre o general e *Mlle*. Blanche. De modo geral, tudo depende agora da nossa condição financeira, isto é, das possibilidades do general em mostrar-lhes muito dinheiro. Se, por exemplo, chegasse a notícia de que a avó não morreu, estou certo de que *Mlle*. Blanche desapareceria de imediato. Eu mesmo acho surpreendente e ridículo o fato de me ter tornado tão linguarudo. Oh, como tudo isso me repugna! Que delícia não seria abandonar tudo e todos! Mas posso, acaso, afastar-me de Polina, deixar de espionar em torno dela? Está claro que é ignóbil espionar, mas que me importa isso?

Também achei curioso observar *Mister* Astley, ontem e hoje. Sim, tenho certeza de que está enamorado de Polina! É curioso e ridículo quanto pode expressar, às vezes, o olhar de uma pessoa tímida, morbidamente pudica, atingida pelo amor, precisamente na ocasião em que essa pessoa preferiria sumir debaixo da terra a expressar algo, com a palavra ou com o olhar. *Mister* Astley encontra-se frequentemente conosco, no decorrer dos passeios. Então, tira o chapéu e passa por nós, certamente morto de vontade de unir-se ao grupo. Mas, sendo convidado, imediatamente recusa. Nos lugares de repouso, no cassino, ao ouvir-se música ou diante do repuxo, detém-se invariavelmente nas proximidades de nosso banco, e, onde quer que estejamos, no parque, no bosque ou sobre o Schlangenberg, basta mover os olhos em redor para que se veja infalivelmente aparecer em alguma parte, no atalho mais próximo ou atrás de um arbusto, um pedacinho de *Mister* Astley. Tenho a impressão de que está procurando a oportunidade para uma conversa reservada comigo. Encontramo-nos hoje de manhã e trocamos duas palavras. Às vezes, fala de modo extremamente brusco. Sem me dizer "bom dia", começou:

— Ah, essa *Mademoiselle* Blanche!... Já vi muitas mulheres do tipo de *Mademoiselle* Blanche!

Calou-se, olhando-me com ar significativo. Não sei o que pretendia dizer, porquanto, à minha pergunta sobre o que significava aquilo, fez um aceno de cabeça, com um sorriso astuto, e acrescentou:

— Assim é. *Mademoiselle Pauline* gosta muito de flores?

— Não sei, não sei absolutamente — respondi.

— Como! Não sabe isso também? — exclamou, profundamente surpreendido.

— Não sei, não notei nada — repeti rindo.

— Hum! isto me sugere certa ideia especial. — Nesse momento, fez um gesto com a cabeça e afastou-se. Tinha, por sinal, um ar satisfeito. Converso com ele num francês detestável.

IV

Hoje foi um dia ridículo, escandaloso, absurdo. São onze da noite. Estou sentado no meu cubículo, lembrando tudo. Para começar, de manhã não tive outro remédio senão ir jogar na roleta, por conta de Polina Aleksândrovna. Levei todos os seus cento e sessenta *friedrichsdors*, mas com duas condições: a primeira, que eu não queria jogar a meias, isto é, se ganhasse, nada levaria para mim; a segunda que, de noite, Polina devia explicar-me por que andava em tal necessidade de ganhar, e quanto exatamente. Não posso de nenhum modo supor que fosse simplesmente por causa de dinheiro. No caso, sem dúvida, o dinheiro era indispensável, e o quanto antes, para algum fim especial. Prometeu explicar-me tudo, e fui jogar. Nas salas de jogo, havia uma horrível multidão. Como são atrevidos e sôfregos! Abrindo caminho à força, cheguei ao centro e fiquei bem ao lado do crupiê; em seguida, comecei a experimentar timidamente o jogo, apostando duas ou três moedas de cada vez. Nesse ínterim, fiquei observando e fazendo descobertas; tive a impressão de que, propriamente, o cálculo tem muito pouca importância, e de modo nenhum aquela que lhe atribuem inúmeros jogadores. Eles ficam sentados com os seus papeizinhos divididos em colunas, observam os lances, contam, consideram as probabilidades, fazem cálculos, finalmente apostam e... perdem exatamente como nós outros, simples mortais, que jogamos sem calcular. Em compensação, cheguei a uma conclusão que parece exata: com efeito, na sucessão dos resultados casuais, existe não um sistema, mas uma espécie de ordem, o que, naturalmente, é muito estranho. Por exemplo, acontece saírem, depois dos doze números centrais, os doze últimos; duas vezes, digamos, a sorte recai nesses doze últimos e, depois, passa para os doze primeiros. Em seguida, recai mais uma vez sobre os doze do meio, e ainda três, quatro vezes consecutivas, sobre estes, passando de novo para os doze últimos, de onde, após duas vezes, torna aos primeiros, passa ainda para os médios, em que dá três batidas, e assim ocorre durante uma hora e meia ou duas. Um, três e dois, um, três e dois. É muito divertido. Um dia, ou certa manhã, por exemplo, acontece que o vermelho é seguido do negro, e vice-versa, quase sem nenhuma ordem, a todo instante, de modo que a sorte não recai mais de duas ou três vezes seguidas sobre o vermelho ou o negro. No dia ou na noite seguintes, acontece digamos sair apenas o vermelho mais de vinte e duas vezes seguidas, e assim ocorre, invariavelmente, por algum tempo, às vezes um dia inteiro. Muitos pormenores sobre este fato me foram explicados por *Mister* Astley, que passou a manhã inteira junto às mesas de jogo, mas não fez nenhuma aposta. Quanto a mim, perdi completamente tudo, e em bem pouco tempo. Logo no início, apostei no par vinte *friedrichsdors* e ganhei, apostei mais cinco e tornei a ganhar, e assim mais duas ou três vezes. Creio que, em cinco minutos, tive nas mãos perto de quatrocentos *friedrichsdors*. Deveria afastar-me nesse momento, mas nasceu então em mim certa sensação estranha, certo desafio ao destino, um desejo de dar a este um piparote, mostrar-lhe a língua. Arrisquei a maior quantia permitida, quatro mil florins, e perdi. Depois, em minha excitação apanhei tudo o que me restava, repeti o lance e tornei a perder, afastando-me da mesa como se tivesse levado uma pancada na cabeça. Chegava a não compreender o que me acontecia, e foi apenas pouco antes do jantar que relatei o sucedido a Polina Aleksândrovna. Até aquela hora, fiquei vagando pelo parque.

No decorrer do jantar, estava novamente de ânimo exaltado, como três dias antes. Como daquela vez, jantavam conosco o francês e *Mlle.* Blanche. Aconteceu que ela estivera de manhã nas salas de jogo e assistira às minhas proezas. Dessa vez, começou a falar comigo de modo mais atencioso. O francês foi mais direto e perguntou-me simplesmente se o dinheiro que eu havia perdido era de fato meu. Tenho a impressão de que desconfia de Polina. Numa palavra, existe algo em tudo isso. No mesmo instante, menti e disse que o dinheiro era meu.

O general estava extremamente surpreendido: onde arranjara eu tanto dinheiro? Expliquei-lhe que havia começado com dez *friedrichsdors*, que seis a sete lances felizes, a dobrar, levaram-me a ganhar cinco a seis mil florins, e que, depois, perdi tudo em dois lances.

Naturalmente, era verossímil. Explicando-o, lancei um olhar a Polina, mas nada pude compreender na expressão do seu rosto. Contudo, ela me deixou mentir e não me corrigiu; concluí disso que devia, realmente, mentir e ocultar que tinha jogado por conta dela. Em todo caso, pensei, deve-me uma explicação, e de manhã prometera revelar-me algo.

Eu esperava que o general me fizesse alguma observação, mas ele manteve-se calado; no entanto, percebi em seu rosto intranquilidade e perturbação. Na dura contingência em que se encontrava, talvez lhe fosse simplesmente penoso ouvir que uma porção assim respeitável de ouro tivesse passado, durante um quarto de hora, pelas mãos de um imprudente imbecil como eu.

Desconfio que, ontem à noite, ele teve alguma discussão veemente com o francês. Trancados no quarto, passaram muito tempo a falar acaloradamente. O francês, ao sair dali, parecia irritado, e hoje de manhã, bem cedo, foi de novo procurar o general, provavelmente a fim de continuar a conversa de ontem.

Ouvindo o relato das minhas perdas no jogo, o francês

observou-me de modo sarcástico, e até com rancor, que eu devia ter sido mais prudente. Acrescentou ainda, não sei com que intenção, que embora muitos russos joguem, eles são, a seu ver, incompetentes até para jogar.

— Mas, na minha opinião, a roleta foi criada justamente para os russos — disse eu, e, depois que o francês sorriu com desdém, observei-lhe que, naturalmente, a verdade estava do meu lado, pois, falando dos russos como jogadores, eu os estava injuriando mais que louvando, e que, por conseguinte, era preferível acreditar em mim.

— Mas, em que baseia a sua opinião? — perguntou o francês.

— No fato de que, no catecismo das virtudes e méritos do civilizado homem ocidental, entrou historicamente, e quase na qualidade de primeira condição, a capacidade de adquirir capitais. E, quanto ao russo, este não somente é incapaz de adquiri-los, mas até os dilapida à toa, de modo vil. Todavia nós, russos, também precisamos de dinheiro — acrescentei — e, por conseguinte, ficamos muito satisfeitos com meios como a roleta, pelos quais temos um grande fraco, e graças aos quais se pode enriquecer de repente, em umas duas horas, sem trabalhar. Isso nos seduz ao extremo; e, como jogamos à toa, sem esforço, invariavelmente perdemos!

— Isso, em parte, é justo — observou com ar autossuficiente o francês.

— Não, isso é injusto, e o senhor devia ter vergonha de se referir assim à sua pátria — observou o general, severa e solenemente.

— Vejamos uma coisa — respondi. — Na verdade, não se sabe ainda o que é mais ignóbil: se a conduta horrível dos russos ou o método alemão de acumular, por meio de trabalho honesto.

— Que pensamento horrível! — exclamou o general.

— Que pensamento russo! — exclamou o francês.

Eu ria, tinha muita vontade de provocá-los.

— Gostaria mais de passar toda a vida como um nômade, levando comigo uma tenda de quirguiz[19] — disse eu gritando — do que inclinar-me ante o ídolo alemão.

— Que ídolo? — gritou também o general, começando já a ficar seriamente zangado.

— O método alemão de acumulação de riqueza. Estou aqui há pouco tempo, mas, apesar de tudo, o que já pude notar e verificar deixa indignada a minha natureza tártara. Juro por Deus, não desejo essas virtudes! Ontem, já tive ocasião de andar umas dez verstas nestas redondezas. Bem, vi exatamente o mesmo que se encontra nos livrinhos ilustrados alemães, destinados a pregar moral: em cada casa existe um *Vater*,[20] terrivelmente virtuoso e extraordinariamente honesto. Tão honesto, que dá até medo aproximar-se dele. Eu não suporto as pessoas honestas das quais temos medo de nos aproximar. Cada um desses *Vaters* possui uma família e, ao anoitecer, todos eles leem em voz alta livros instrutivos. Olmos e castanheiros farfalham sobre a casinhola. O pôr do sol, uma cegonha no telhado, tudo é poético e tocante ao extremo... Não se zangue, meu general, permita-me contar tudo do modo mais comovente. Eu mesmo estou lembrado de como o meu falecido pai lia ao anoitecer, também sob umas tiliazinhas, em nosso jardim, para mim e a minha mãe, livros semelhantes... Posso, portanto, fazer sobre isso um juízo equitativo. Pois bem, cada uma dessas famílias daqui está em completa escravidão e dependência em relação ao *Vater*. Todos trabalham como uns bois e acumulam dinheiro como judeus. Suponhamos que o *Vater* já economizou certo número de florins e conta com o filho mais velho para lhe transmitir o ofício ou um pedacinho de terra; a fim de que isto seja pos-

---

[19] Grande parte da população da Quirguízia deixou a vida nômade somente no século XX. (N. do T.)

[20] "Pai". Em alemão no original. (N. do T.)

sível, deixa-se de dar um dote à filha, e esta permanece solteirona. Com o mesmo fim, o filho mais novo é vendido para trabalhos servis ou para ser soldado, e acrescenta-se o dinheiro assim obtido ao capital da família. Isto se faz aqui, realmente; tomei informações. Tudo isso não tem outro móvel senão a honestidade, uma honestidade extremada, a ponto de o próprio filho mais novo acabar acreditando que foi vendido exclusivamente por uma questão de honestidade. E, realmente, chega-se ao ideal quando a própria vítima se alegra por estar sendo conduzida para a imolação. E que mais acontece? Acontece que o filho mais velho também não se sente melhor: tem ele uma certa Amalchen, com a qual se ligou de coração; no entanto, o casamento é impossível, porque não se acumulou ainda certo número de florins. Também neste caso se espera sinceramente e com bons modos, e é sinceramente e com um sorriso que se caminha para o sacrifício. Amalchen tem já as faces encovadas, está ficando ressequida. Finalmente, uns vinte anos depois, os bens foram multiplicados, os florins acumulados honesta e virtuosamente. O *Vater* abençoa o primogênito quarentão e Amalchen, que tem agora trinta e cinco anos, o peito seco e o nariz rubicundo... chora, prega uma lição de moral e morre. O primogênito, por sua vez, transforma-se num *Vater* virtuoso, e recomeça a história. Uns cinquenta ou setenta anos depois, o neto do primeiro *Vater* consegue, realmente, reunir um capital considerável e transmite-o a seu filho, que o transmitirá por sua vez, e assim, após umas cinco ou seis gerações, surge o próprio Barão Rothschild, ou então a firma Goppe & Cia.[21] ou sabe o diabo o quê. Com efeito, tem-se um espetáculo grandioso: transmitem-se, durante cem ou duzentos anos, o trabalho, a paciência, a inteligência, a honestidade, o caráter, a firmeza, o hábito de calcular tudo, a cegonha no telhado! Que mais

---

[21] Famosa casa bancária em Amsterdã e Londres. (N. do T.)

querem? Realmente, não existe nada acima disso, e, a partir desse ponto, eles começam a julgar todo mundo, e a executar imediatamente os culpados, isto é, aqueles que não se parecem com eles um pouco sequer. Pois bem, o caso está no seguinte: quanto a mim, prefiro tornar-me devasso à moda russa ou ganhar na roleta. Não quero transformar-me em Goppe & Cia., depois de cinco gerações. Preciso do dinheiro para mim mesmo, e não considero toda a minha pessoa algo indispensável e suplementar a um capital. Sei que disse uma porção de inconveniências, mas assim seja. Tais são as minhas convicções.

— Não sei se há muita verdade no que o senhor disse — observou o general, com ar pensativo —, mas estou certo de que se torna um farsante intolerável desde que lhe deem um pouquinho de liberdade...

Como de costume, não terminou a frase. Quando o nosso general começava a falar de algo que fosse ao menos um pouco mais sério que a conversa habitual, nunca chegava a concluir o que dizia. O francês estava ouvindo com displicência, os olhos um pouco arregalados. Não compreendeu quase nada do que eu dissera. Polina tinha certo ar de altiva indiferença. Parecia ter deixado de ouvir, não apenas as minhas palavras, mas toda aquela conversa à mesa.

V

Estava extremamente pensativa, mas, apenas nos levantamos, ordenou-me que a acompanhasse num passeio. Chamamos as crianças e dirigimo-nos para o parque, em direção do repuxo.

Como eu estivesse particularmente exaltado, deixei escapar de modo estúpido e grosseiro a pergunta: por que o nosso Marquês Des Grieux,[22] o francesinho, não somente não a estava acompanhando então, quando ela saía para alguma parte, mas, até, passava dias inteiros sem falar com ela?

— Porque é um canalha — respondeu-me, de modo estranho. Até então, eu nunca ouvira dela semelhante opinião sobre Des Grieux, e calei-me, temeroso de compreender aquela irritação.

— Reparou que, hoje, ele não está em boas relações com o general?

— Você quer saber do que se trata — respondeu ela, de modo seco e irritado. — Você sabe que o general hipotecou-lhe completamente todas as suas propriedades e, se a avó não morrer, o francês entrará imediatamente na posse do penhor.

— Então, é verdade mesmo que tudo está hipotecado? Ouvi dizer, mas não sabia que se tratava realmente de tudo.

— Como podia ser diferente?

[22] Personagem do romance *Manon Lescaut*, do Abade Prévost. (N. do T.)

— E, nesse caso, adeus *Mademoiselle* Blanche — observei. — Não será mais generala! Sabe de uma coisa? Tenho a impressão de que o general está apaixonado a tal ponto que, se *Mademoiselle* Blanche o abandonar, será capaz de suicidar-se. Na idade dele, é perigoso apaixonar-se assim.

— Tenho também a impressão de que alguma coisa vai acontecer com ele — observou Polina Aleksândrovna, pensativa.

— É magnífico! — exclamei. — Não pode haver um modo mais rude de se mostrar que foi unicamente por causa de dinheiro que ela concordou em casar-se com ele. Nem sequer se cuidou de guardar as aparências, tudo aconteceu sem qualquer cerimônia. Que maravilha! E, quanto à avó, o que pode haver de mais cômico e imundo do que enviar um telegrama após outro, perguntando: "Já morreu, já morreu?". Hem, que acha disso, Polina Aleksândrovna?

— Tudo isso é absurdo — disse ela com repugnância, interrompendo-me. — Eu, ao contrário, fico admirada por você estar assim alegre. Ficou contente com o quê? Será porque perdeu o meu dinheiro no jogo?

— Para que me deixou perdê-lo? Eu lhe disse que não podia jogar por conta alheia, sobretudo para você. Vou obedecer, sejam quais forem as suas ordens; mas o resultado não depende de mim. Avisei bem que não daria certo. Diga-me: está muito aborrecida pelo fato de ter perdido tanto dinheiro? Para que precisa de uma quantia tão grande?

— Para que essas perguntas?

— Mas você mesma prometeu-me explicar... Escute: estou plenamente convencido de que, depois de começar a jogar por minha conta (e eu tenho doze *friedrichsdors*), hei de ganhar. Então, leve quanto quiser.

Ela teve uma expressão desdenhosa.

— Não se zangue comigo — prossegui — por causa deste oferecimento. Estou a tal ponto imbuído da convicção de ser um zero perto de você, isto é, a seus olhos, que você pode até levar dinheiro de mim. Não pode ofender-se com o meu presente. Além disso, o dinheiro que perdi era seu.

Lançou-me um olhar rápido e, percebendo que eu estava falando com irritação e sarcasmo, tornou a interromper-me:

— Não lhe interessa de modo algum o que sucede comigo. Se quer saber, estou simplesmente endividada. O dinheiro foi tomado por mim de empréstimo, e eu gostaria de devolvê-lo. Tive o pensamento louco e estranho de que, infalivelmente, ia ganhar dinheiro nesta cidade, à mesa do jogo. Não compreendo por que me surgiu esse pensamento, mas acreditei nele. Quem sabe? Talvez eu acreditasse justamente por não me sobrar nenhuma outra probabilidade.

— Ou porque houvesse demasiada *necessidade* de ganhar. É exatamente o caso do afogado que se agarra a uma palhinha. Deve convir comigo que, se ele não estivesse submergindo, não tomaria a palhinha por um galho de árvore.

Polina ficou admirada.

— Como assim? — perguntou. — A sua esperança não era do mesmo gênero? Há duas semanas, você me falou longamente da sua certeza absoluta de ganhar aqui na roleta e procurou convencer-me a que não o considerasse um doido; estava, então, brincando? Mas, lembro-me, falava com tanta seriedade que de modo nenhum se poderia tomar aquilo por uma brincadeira.

— É verdade — respondi pensativo. — Até agora, estou plenamente certo de ganhar. Confesso-lhe, até, que você acaba de me sugerir a pergunta: por que a minha perda de hoje, tão horrível e sem sentido, não deixou em mim qualquer dúvida? Apesar de tudo, estou absolutamente convicto de que hei de ganhar, apenas comece a jogar por minha conta.

— Mas, por que tem essa certeza?

— Palavra que não sei como lhe responder. Sei apenas que preciso ganhar, que é, igualmente, a única saída para mim. Eis, talvez, por que eu tenho esta impressão de que devo infalivelmente ganhar.

— Quer dizer que você também tem uma *necessidade* demasiada, se está fanaticamente convencido do ganho?

— Sou capaz de jurar que você duvida da minha capacidade de sentir uma necessidade séria.

— Pouco me importa isso — respondeu Polina, tranquilamente e com indiferença. — Se quer saber: *sim*, duvido que algo possa atormentá-lo seriamente. É capaz de se atormentar, mas não seriamente. Você é uma pessoa desordenada e que não se detém em algo. Para que precisa de dinheiro? Em todas as razões que me apresentou, não encontro nada de sério.

— Aliás — interrompi — você disse que precisa pagar uma dívida. Deve ser, pois, uma bela dívida! Não será para o francês?

— Que perguntas são essas? Hoje você está particularmente rude. Não estará bêbado?

— Já sabe que me permito dizer tudo e, às vezes, faço perguntas muito francas. Repito, sou seu escravo e não se tem vergonha de um escravo: o escravo não pode ofender a ninguém.

— Tudo isso é bobagem! E eu não suporto esta sua teoria de "escravidão".

— Repare que não falo da minha escravidão porque deseje ser seu escravo, refiro-me a isto como um fato que absolutamente não depende de mim.

— Diga-me francamente: para que precisa de dinheiro?

— E para que precisa sabê-lo?

— Como queira — respondeu ela com um movimento altivo da cabeça.

— Não tolera a teoria da escravidão, mas exige a condição de escravo: "Responder e não argumentar!". Está bem, seja. Pergunta-me para que quero dinheiro. Como assim? O dinheiro é tudo!

— Compreendo, mas não há razão para se ficar assim demente, só por desejá-lo! Você também está chegando à exaltação, ao fatalismo. Nisso, existe algo, um objetivo particular. Fale sem rodeios, eu quero.

Parecia que ela começava a zangar-se, e agradou-me extremamente o fato de que me interrogasse com tamanho arrebatamento.

— Está claro que há um objetivo — disse eu —, mas não saberia explicar em que consiste. Nada mais a não ser que, possuindo dinheiro, vou tornar-me para você também uma outra pessoa e não um escravo.

— Como? Como vai consegui-lo?

— Como vou consegui-lo? Então não é, ao menos, capaz de compreender que eu possa conseguir que você não me olhe mais como a um escravo! Pois bem, é justamente o que não quero — esses espantos e surpresas.

— Você disse que está nessa escravidão a sua delícia. Eu mesma também pensei assim.

— Pensou assim! — exclamei, com uma volúpia estranha. — Ah, como é boa esta sua ingenuidade! Pois bem, realmente, ser o seu escravo é uma delícia para mim. No derradeiro grau da humilhação e insignificância há um certo deleite, sim! — prossegui num delírio. — Sabe lá o diabo se ele não se acha também na chibata quando esta desce sobre as costas e nos dilacera a carne... Mas eu quero, talvez, experimentar outras delícias também. Ainda há pouco o general me deu uma lição de moral diante de você, à mesa, por causa de setecentos rublos por ano, e que eu talvez nem receba dele. O Marquês Des Grieux examina-me, erguendo as sobrancelhas, e, ao mesmo tempo, não me nota. E eu, por outro lado, talvez deseje ardentemente puxar pelo nariz o Marquês Des Grieux, na sua presença.

— Argumentos de fedelho. Em toda situação é possível conduzir-se com dignidade. E havendo luta, ela há de enobrecer, em vez de aviltar.

— Isto saiu diretamente de um caderno escolar! Suponha, simplesmente, que eu talvez não saiba situar-me com dignidade. Isto é, sou talvez uma pessoa digna, mas não sei conduzir-me com dignidade. Compreende que possa ocorrer uma situação dessas? Sim, todos os russos são assim, mas sabe por quê? Pois bem, eles receberam dons demasiadamente ricos e variados, para que possam rapidamente encontrar para si uma forma decente. O caso está exatamente na forma. Na maior parte dos casos, nós, russos, somos tão ricamente dotados que, para assumir uma forma decente, precisamos da genialidade. Bem, o mais comum é não se ter genialidade, pois, em geral, ela é rara. Unicamente entre os franceses, e talvez entre mais alguns europeus, a forma se delineou tão bem que se pode aparentar uma extraordinária dignidade e ser, ao mesmo tempo, o mais indigno dos homens. É por isso que a forma tem entre eles tão grande significação. Um francês é capaz de suportar uma ofensa, uma verdadeira ofensa moral, sem uma careta; mas de modo nenhum há de tolerar um piparote no nariz, pois isso representa uma transgressão da forma de decência aceita por todos e consagrada secularmente. As nossas senhoritas são suscetíveis aos encantos de um francês, justamente por causa de sua excelente forma. A meu ver, no entanto, não há nisso forma alguma, mas apenas um galo, *le coq gaulois*.[23] Aliás, eu não posso compreender isso, não sou mulher. Talvez os galos tenham o seu encanto. E de modo geral, estou falando demais, e você não me detém. Interrompa-me com maior frequência; quando estou falando com você, tenho vontade de dizer tudo, tudo, tudo. Perco então toda forma. Concordo, até, que não possuo boas maneiras, nem também qualquer espécie de qualidades. Declaro-lhe isso agora. Nem me preocupo, sequer, com quaisquer qualidades. Agora, tudo se paralisou em mim. Você mesma sabe a razão disso. Não tenho na cabeça qualquer pensamento humano. Há muito tempo não sei o que está acontecendo no mundo, tanto na Rússia como aqui. Eu passei, por exem-

---

[23] "o galo gaulês". É o símbolo da França. (N. do T.)

plo, por Dresden, e não me lembro mais como ela é. Você mesma sabe o que me absorveu. Visto que eu não tenho nenhuma esperança e, a seus olhos, sou um zero, digo-lhe francamente: vejo você em toda parte, e o resto me é indiferente. Não sei por que e de que modo eu a amo. Sabe você que talvez nem tenha qualidades? Imagine que nem sei se é bonita de rosto. O seu coração, certamente, é mau, e a inteligência, destituída de nobreza; isto é muito possível.

— Talvez pretenda comprar-me com dinheiro — disse ela — justamente por não acreditar na minha nobreza?

— Quando foi que pensei em comprá-la com dinheiro? — gritei.

— Você ficou confuso e perdeu o fio do discurso. Se não pensa em comprar-me, pretende adquirir com dinheiro a minha consideração.

— Não, não é bem assim. Já lhe disse que me exprimo com dificuldade. Você me deixa esmagado. Não se zangue com a minha tagarelice. Compreenda por que é que não se pode ficar zangado comigo: sou simplesmente um louco. Aliás, é indiferente para mim, mesmo que fique zangada. Chegando lá em cima, no meu cubículo, basta-me lembrar e imaginar apenas o ruído do seu vestido, e já fico em condição de morder as mãos. E por que se zanga comigo? Porque eu digo ser um escravo? Aproveite-se, aproveite-se da minha escravidão, aproveite-se! Sabe que, um dia, vou matá-la? Não será por ter deixado de amá-la ou por ciúme, mas sem maiores motivos, simplesmente porque, às vezes, tenho vontade de devorá-la. Está rindo...

— Não estou rindo, absolutamente — disse ela, com indignação. — Ordeno-lhe que se cale.

Deteve-se, quase sufocada pela cólera. Juro por Deus, não sei se ela era bonita, mas eu gostava sempre de vê-la parar assim diante de mim, isto me incitava a provocar-lhe frequentemente a ira. Talvez ela o tivesse notado e se zangasse de propósito. Eu lhe disse isto.

— Que imundície! — exclamou com repugnância.
— Para mim, é indiferente — prossegui. — E há outra coisa a dizer-lhe: é perigoso andarmos juntos; muitas vezes, tive uma vontade incoercível de espancá-la, desfigurá-la, esganá-la. E que pensa? Crê que não chegaremos a isso? Vai levar-me ao delírio. Pensa que vou temer o escândalo? A sua ira? Que me importa a sua ira? Amo sem esperança, e sei que, depois disso, vou amá-la mil vezes mais. Se eu a matar um dia, terei que me matar também; no entanto, demorarei o mais possível em fazê-lo, para sentir sem você essa dor intolerável. Quer saber algo inconcebível? Amo-a cada dia *mais*, embora seja quase impossível. E, depois disso, posso deixar de ser fatalista? Lembre-se, murmurei-lhe, anteontem sobre o Schlangenberg, provocado por você: "Diga-me uma palavra, e saltarei neste abismo". Se dissesse aquela palavra, eu o teria feito. Não acredita, porventura, que o fizesse?

— Que tagarelice mais tola! — exclamou ela.

— Nada tenho a ver com o fato de que seja tola ou inteligente — exclamei por meu turno. — Sei que, na sua presença, preciso falar, falar, falar, e falo. Na sua presença perco todo amor-próprio e tudo me é indiferente.

— Para que vou fazê-lo saltar do Schlangenberg? — disse ela seca e de modo particularmente ofensivo. — Isto me é de todo inútil.

— Magnífico! — exclamei. — Você disse intencionalmente esse magnífico "inútil" para me esmagar. Eu a vejo de fio a pavio. Diz que é inútil? Mas o prazer é sempre útil, e um poderio selvagem, ilimitado, ainda que seja sobre uma mosca, constitui também uma forma de prazer. O homem é um déspota por natureza e gosta de fazer sofrer. Você gosta disso ao extremo.

Lembro-me de que ela ficou a examinar-me de modo particularmente fixo e atento; provavelmente o meu rosto expressava então todas as minhas sensações absurdas e incoerentes. Estou me lembrando agora de que, realmente, a nossa

conversa decorreu quase palavra por palavra como a descrevi. Meus olhos injetaram-se de sangue. Aparecia-me espuma nos cantos dos lábios. E, no que se refere ao Schlangenberg, juro por minha honra: mesmo agora, se ela me ordenasse atirar-me no abismo, eu o faria! Ainda que o dissesse apenas por brincadeira, ou com desprezo, ainda que cuspindo sobre mim, mesmo então eu saltaria!

— E por que não? acredito em você — replicou Polina, mas com uma expressão de que somente ela é capaz às vezes, com tamanho desprezo e maldade, com tanta altivez, que, por Deus, eu era capaz de matá-la naquele instante. Ela estava correndo um risco. Dizendo-o, não lhe menti nisso também.

— Você não é covarde? — perguntou-me de repente.

— Não sei, talvez o seja. Não sei... faz muito tempo que não penso nisso.

— Se eu lhe dissesse: mate este homem, você o faria?

— A quem?

— Quem eu quisesse.

— O francês?

— Não pergunte, limite-se a responder: matará aquele que eu lhe apontar? Quero saber se, ainda há pouco, estava falando a sério. — Esperou tão compenetrada, com tal impaciência, a minha resposta, que eu tive um sentimento estranho.

— Mas, há de me dizer afinal o que está acontecendo aqui?! — exclamei. — Acaso tem medo de mim? Eu mesmo estou vendo todas as coisas irregulares que sucedem aqui. Você é a enteada de um homem louco, que perdeu a fortuna e que está contaminado de paixão por esse demônio... Blanche; além disso, está aqui esse francês, com a sua influência misteriosa sobre a sua pessoa, e agora você me faz, com tanta seriedade... semelhante pergunta. Pelo menos, devo saber do que se trata; senão perderei o juízo e vou fazer algo. Ou é que não se digna, por vergonha, de ser franca? Pode acaso ter vergonha de mim?

— Estou falando com você de um assunto absolutamente diverso. Fiz-lhe uma pergunta e estou esperando a resposta.
— Está claro que matarei — disse eu, com um grito. — Basta que me dê uma ordem neste sentido; mas poderia você... irá, porventura, ordenar isto?
— E o que pensa então? Vou ter pena de você? Vou dar a ordem e ficarei de parte. Vai suportar isto? Mas não, não será capaz disso! É possível que mate, por ter recebido a ordem, mas, depois, virá matar-me também, porque ousei ordenar-lhe isto.

A essas palavras, senti como que uma pancada na cabeça. Naturalmente, mesmo naquele instante, tomei a sua pergunta por uma brincadeira, um desafio; em todo caso, porém, ela dissera aquilo com ar demasiado sério. Apesar de tudo, eu estava surpreso pelo fato de que ela tivesse falado desse modo, de que se reservasse tal direito sobre mim, e concordasse em ter semelhante poderio sobre a minha pessoa, dizendo simplesmente: "Caminha para a tua destruição; eu vou ficar de parte". Nessas palavras havia algo de cínico e de sincero, mas que, a meu ver, já era demasiado. E como me olharia ela depois? Aquilo ultrapassava os limites da escravidão e da insignificância. Depois de semelhante olhar, uma pessoa iguala-se à outra. E por mais absurda, por mais inverossímil que fosse toda a nossa conversa, o meu coração estremeceu.

De repente, ela soltou uma gargalhada. Estávamos sentados num banco, diante das crianças que brincavam, defronte do ponto em que se detinham as carruagens e os passageiros desciam para a alameda, diante do cassino.

— Está vendo aquela baronesa gorda? — exclamou ela. — É a Baronesa Wurmerhelm. Faz apenas três dias que está aqui. Vê também o seu marido — um prussiano comprido, seco, de bengala na mão? Lembra-se de como nos olhou de alto a baixo, anteontem? Vá agora mesmo ao encontro deles, aproxime-se da baronesa, tire o chapéu e diga-lhe qualquer coisa em francês.

— Para quê?
— Você jurou que saltaria do Schlangenberg; está jurando que é capaz de matar alguém a uma ordem minha. Em lugar de todos estes assassínios e tragédias, quero apenas rir um pouco. Vá sem retrucar. Quero ver como o barão vai espancá-lo com a sua bengala.
— Está-me desafiando; pensa que não vou fazer?
— Sim, é um desafio; vá, quero que faça isto!
— Está bem, eu vou, embora seja um capricho louco. Mas há um ponto a considerar: não surgirá disso uma consequência desagradável para o general, e que recaia também sobre você? Juro por Deus, não é por mim que me preocupo, mas por você, bem... e ainda pelo general. Mas que capricho é este de me mandar ofender uma mulher?
— Não, você é apenas um tagarela, estou vendo — disse ela com desdém. — Ainda há pouco estava com os olhos injetados de sangue, mas sem maior significação; aliás, talvez fosse por causa do vinho que tomou no jantar. Pensa que eu mesma não compreendo o caráter estúpido e vulgar disto, e que o general ficará irritado? Quero simplesmente dar risada. Ora, eu quero, e é só! Realmente, para que precisa ofender uma mulher? Vai ser, com certeza, espancado a bengala.

Dei meia-volta e fui, em silêncio, cumprir o encargo. Tratava-se, evidentemente, de uma coisa estúpida, e, é claro, eu não pude deixar de fazê-la, mas lembro-me de que, ao aproximar-me da baronesa, fui como que espicaçado por algo: era uma audácia de escolar. Além disso, eu estava irritado ao extremo, como um bêbado.

VI

Já se passaram dois dias, depois daquele estúpido incidente. E quantos gritos, barulho, comentários! Quanta desordem, quanta confusão, estupidez e vulgaridade! E fui eu a causa de tudo isso! Às vezes, aliás, torna-se engraçado; para mim, pelo menos. Não consigo atinar com o que me sucedeu — se me encontro de fato num estado de alienação, ou simplesmente descarrilhei e estou praticando desatinos, até que me amarrem. Às vezes, tenho a impressão de estar perdendo o juízo. Noutras, parece-me que ainda não estou longe da infância, do banco escolar, e faço apenas traquinagens grosseiras.

Foi Polina, sempre Polina! Não fosse ela, talvez nem houvesse traquinagens. Quem sabe? — talvez eu faça tudo isso por desespero (por mais estúpido que seja semelhante raciocínio). E eu não compreendo, não compreendo o que ela tem de bom! Aliás, é bonita; parece bonita, sim. Outros também perderam o juízo por ela. É alta e esbelta. Apenas, muito magra. Tenho a impressão de que se pode dar-lhe um nó ou dobrá-la em duas. A sua pegada é fina e comprida, de causar tortura. É isso: torturante. Os cabelos são de um matiz ruivo. Tem verdadeiros olhos de gato, mas com que orgulho e altivez sabe olhar com eles. Faz uns quatro meses, quando de minha entrada para o serviço do general, uma vez, à noitinha, ela ficou na sala, conversando longa e ardorosamente com Des Grieux. E olhava para ele com tal expressão... que, depois, chegando ao meu quarto para dormir, imaginei que Polina lhe dera uma bofetada; acabara de dá-la, e estava diante dele, olhando-o. Pois bem, foi a partir dessa noite que a amei.

Vamos, todavia, aos fatos.

Desci, por um atalho, para a alameda, parei no meio desta e fiquei esperando a baronesa e o barão. A uma distância de cinco passos, tirei o chapéu e inclinei-me.

Lembro que a baronesa estava com um vestido de seda muito rodado, cinza-claro, com falbalás, crinolina e cauda. É baixa e extraordinariamente obesa, com um queixo muito gordo, do qual pende uma papada, escondendo completamente o pescoço. O rosto é rubicundo. Os olhos, pequenos, maus, insolentes. Caminhando, parece fazer uma honra a todos que a veem. O barão é seco, alto. O rosto, como sói acontecer com os alemães, é torto e com mil ruguinhas; tem quarenta e cinco anos e usa óculos. Suas pernas ficam implantadas quase no peito; sinal de raça fina. Orgulhoso como um pavão. Um tanto desajeitado. Existe algo de ovino na expressão de seu rosto, o que substitui, a seu modo, o ar de quem tem pensamentos profundos.

Tudo isso passou por meus olhos em três segundos.

O meu cumprimento, de chapéu na mão, a princípio mal chamou a atenção de ambos. Apenas, o barão franziu ligeiramente o cenho. A baronesa vinha deslizando diretamente em minha direção.

— *Madame la baronne* — disse eu nitidamente e em voz alta, escandindo cada palavra — *j'ai l'honneur d'être votre esclave*.[24]

A seguir, inclinei-me, pus o chapéu e passei ao lado do barão, voltando para ele polidamente o rosto e sorrindo.

Fora Polina quem me ordenara que tirasse o chapéu, mas eu mesmo decidira inclinar o corpo e fazer aquela tra-

---

[24] "Senhora baronesa... tenho a honra de ser seu escravo". (N. do T.)

vessura de escolar. Com os diabos, o que me tinha impelido a fazê-lo? Foi como se eu me despencasse de um alto.

— Hem! — gritou ou, melhor, grasnou o barão, voltando-se para mim, surpreso e irritado.

Voltei-me e detive-me, em respeitosa expectativa, continuando a olhar para ele e a sorrir. Ele estava evidentemente perplexo e repuxou as sobrancelhas para cima, até *nec plus ultra*.[25] O seu rosto parecia cada vez mais sombrio. A baronesa voltou-se também para mim e olhou-me igualmente com uma perplexidade irada. Diversos transeuntes começaram a prestar atenção à cena. Alguns chegaram a parar.

— Hem! — tornou o barão, com redobrado grasnido e redobrada cólera.

— *Ja wohl*[26] — articulei arrastadamente, continuando a encará-lo bem nos olhos.

— *Sind sie rasend?*[27] — gritou ele, erguendo a bengala e começando, provavelmente, a sentir um pouco de medo. O meu traje talvez o deixasse perturbado. Eu estava vestido com muita propriedade, com ostentação até, como uma pessoa que pertence à melhor sociedade.

— *Ja wo-o-ohl!* — gritei de repente com toda a força, arrastando o "o", como fazem os berlinenses, que empregam a todo momento esse "*ja wohl*", prolongando, em tais ocasiões, a letra "o", com maior ou menor duração, a fim de expressar diferentes tonalidades de pensamentos e sensações.

O barão e a baronesa voltaram-se rapidamente e quase correram de mim, assustados. Entre os transeuntes, alguns fizeram comentários, outros olhavam-me perplexos. Aliás, não me lembro bem.

Dei meia-volta e caminhei, com o passo habitual, em di-

---

[25] Até "o limite extremo", em latim. (N. do T.)

[26] "Sim, é isso", em alemão. (N. do T.)

[27] "Está louco?", em alemão. (N. do T.)

reção de Polina Aleksândrovna. Mas, ainda a uns cem passos do seu banco, vi que ela se erguera e dirigia-se com as crianças para o hotel.

Alcancei-a junto à entrada.

— Executei... a traquinice — disse eu, alcançando-a.

— Bem, e então? Arranje-se agora — respondeu ela, sem sequer me olhar, e foi subindo a escada.

Passei no parque as horas do anoitecer. Atravessei-o depois, em seguida o bosque, e penetrei, até, num outro principado. Numa pequena choupana, comi omelete e tomei vinho: extorquiram-me, por este idílio, a elevada quantia de um táler e meio.

Foi somente às onze que voltei para o hotel. Imediatamente fui chamado à presença do general.

O nosso grupo está alojado em dois apartamentos, num total de quatro compartimentos. O primeiro é um salão espaçoso, com piano de cauda. Ao lado, há um outro quarto, igualmente grande: o escritório do general. Era ali que ele me esperava, parado no centro da sala, numa pose de grande efeito. Des Grieux estava refestelado no divã.

— Permita que lhe pergunte, meu caro senhor, que espécie de embrulhada arranjou? — começou o general, dirigindo-se a mim.

— Eu gostaria, meu general, que fosse diretamente ao assunto — disse eu. — O senhor, provavelmente, quer falar do meu encontro de hoje com um alemão?

— Com um alemão?! Esse alemão é o Barão Wurmerhelm, uma pessoa importante! O senhor foi muito grosseiro com ele e com a baronesa.

— De modo nenhum.

— Assustou-os, meu caro senhor — gritou o general.

— Absolutamente, não. Ainda em Berlim fixou-se em meu ouvido esse *"ja wohl"* que eles acrescentam invariavelmente a cada palavra, e que arrastam de modo tão detestável. Quando me encontrei com ele, na alameda, esse *"ja wohl"* veio-me de repente, não sei por quê, à lembrança, e atuou sobre mim de modo a irritar-me... Além disso, a baronesa, que já me havia encontrado três vezes, tem o hábito de vir caminhando diretamente sobre mim, como se eu fosse um verme, que se pode esmagar com o pé. Convenhamos, também posso ter o meu amor-próprio. Tirei o chapéu e disse polidamente (asseguro-lhe que foi com polidez): *"Madame, j'ai l'hounneur d'être votre esclave"*. Quando o barão se voltou e gritou: "Hem!" — algo me impeliu a gritar também: *"Ja wohl!"*. E eu gritei duas vezes: a primeira de modo natural; a segunda, arrastando a palavra com toda a força. É tudo.

Confesso que eu estava satisfeito ao extremo com aquela explicação, perfeitamente digna de um moleque. Tinha uma vontade surpreendente de apresentar toda aquela história do modo mais absurdo.

E isso me dava prazer cada vez maior.

— Parece que o senhor está rindo de mim — gritou o general.

Voltou-se para Des Grieux e expôs-lhe, em francês, que eu estava realmente procurando uma complicação. O francês sorriu com desdém e deu de ombros.

— Oh, não pense assim, não há nada disso! — gritei para o general. — Foi uma ação má, e eu lhe confesso isso com toda a sinceridade. Pode-se considerá-la, até, um ato estúpido e inconveniente de escolar, mas nada mais que isso. E — sabe, general? — estou profundamente arrependido. Mas existe, no caso, uma circunstância que, aos meus olhos, quase me exime, até, do arrependimento. Nos últimos tempos, há umas duas, mesmo três semanas, eu não me sinto bem: estou doente, nervoso, irritadiço, imaginativo e, em alguns casos, chego a perder completamente o controle. Na verdade tive, por vezes, uma vontade louca de dirigir-me de súbito ao Marquês Des Grieux e... Aliás, não devo dizê-lo; ele pode sentir-se ofendido. Numa palavra, são indícios de doença. Não sei se a Baronesa Wurmerhelm levará em consideração esta cir-

cunstância, quando eu lhe pedir desculpas (pois pretendo fazer isto). Suponho que não, tanto mais que, segundo eu sei, começou-se, nos últimos tempos, a abusar desta circunstância no mundo jurídico: nos processos criminais, os advogados passaram a defender os criminosos, seus clientes, com a afirmação de que, no momento do crime, estavam fora de si, e de que se tratava de uma doença. "Matou — dizem eles — e não se lembra de nada." E imagine, general, a medicina os favorece; realmente, confirmam os médicos, existe uma doença assim, uma demência temporária, durante a qual a pessoa não se lembra de quase nada, ou então lembra tudo pela metade, ou por um quarto. Mas o barão e a baronesa são gente da velha geração e, ademais, *junkers* prussianos e proprietários rurais. Provavelmente, ainda não conhecem este progresso no mundo médico-legal, e, por isso, nem vão aceitar as minhas explicações. O que pensa, general?

— Chega, senhor! — disse o general abruptamente e com uma indignação contida. — Chega! Vou procurar livrar-me para sempre do seu comportamento de escolar. O senhor não vai desculpar-se perante o barão e a baronesa. Quaisquer relações com o senhor, ainda que consistissem unicamente no seu pedido de desculpas, seriam demasiado humilhantes para eles. Informado de que o senhor pertence a minha casa, o barão teve já um entendimento comigo na sala de jogo e, confesso, mais um pouco, e ele pediria de mim uma satisfação. Compreende acaso o que me fez enfrentar, meu caro senhor? Eu, eu tive que pedir desculpas ao barão e dei-lhe a palavra de que, hoje mesmo, o senhor deixaria de fazer parte de minha casa...

— Com licença, com licença, general, então foi ele mesmo quem exigiu que eu não pertencesse mais a sua casa, conforme o senhor se expressa?

— Não; mas eu me achei na obrigação de dar-lhe uma satisfação, e, naturalmente, o barão a aceitou. Vamos separar-nos, meu caro senhor. Tem ainda a receber de mim quatro *friedrichsdors* e três florins, segundo o câmbio local. Eis o dinheiro, e aqui está o papelzinho, com o cálculo; pode verificá-lo. Adeus. A partir de agora, somos dois estranhos. Nada tenho a agradecer-lhe, senão aborrecimentos e cuidados. Vou chamar agora mesmo o criado e avisá-lo de que, a partir de amanhã, não serei mais responsável pelas suas despesas no hotel. Tenho a honra de permanecer seu criado.

Apanhei o dinheiro, o papelzinho em que estava escrita a lápis a conta, inclinei-me em direção do general e disse-lhe, com muita seriedade:

— O caso não pode acabar assim, general. Lamento muito que o senhor tivesse de suportar aborrecimentos por parte do barão, mas, desculpe se o digo, o senhor mesmo é culpado disso. Por que assumiu o encargo de responder por mim ao barão? O que significa a expressão de que pertenço a sua casa? Em sua casa exerço apenas a função de professor, nada mais. Não sou seu filho, não estou sob a sua tutela, e o senhor não pode responder pelos meus atos. Sou pessoa com plena competência jurídica. Tenho vinte e cinco anos, recebi um título universitário, sou de condição fidalga, mas completamente estranho para o senhor. Somente o meu respeito ilimitado pelas suas qualidades me impede de exigir do senhor, imediatamente, uma satisfação e maiores explicações sobre o fato de ter assumido o direito de responder por mim.

O general estava tão surpreso que abriu os braços; em seguida, voltou-se de repente para o francês e disse-lhe, apressadamente, que, um instante atrás, eu quase o desafiara para um duelo. O francês soltou uma gargalhada sonora.

— Todavia, não pretendo perdoar ao barão — prossegui, com absoluto sangue-frio, não me perturbando um pouco sequer com o riso de *Monsieur* Des Grieux — e visto que o senhor, general, acedeu hoje a ouvir-lhe as queixas, passando, desse modo, a agir no interesse dele e colocando-se, por assim dizer, na situação de participante em todo este caso, tenho a honra de comunicar-lhe que, o mais tardar amanhã de manhã, vou exigir do barão, em meu nome, uma explicação formal das razões por que, tendo um caso a tratar comigo, se dirigiu, em vez disso, a um terceiro, como se eu fosse incapaz ou indigno de responder, perante ele, por meus próprios atos.

Aconteceu justamente o que eu previra. Ouvindo essa nova tolice, o general assustou-se tremendamente.

— Como! Então o senhor tem a intenção de continuar com este maldito caso?! — exclamou. — Mas o que está fazendo comigo, meu Deus? Não se atreva, não se atreva, meu caro senhor, ou então, juro-lhe!... também aqui existem autoridades, e eu... eu... numa palavra, de acordo com a minha condição... e o barão também... numa palavra, o senhor vai ser preso e expulso daqui pela polícia, para que não faça mais desordens! Compreende isso?! — E, embora a cólera o sufocasse, estava tremendamente assustado.

— General — respondi com uma calma que lhe era intolerável — não se pode prender alguém por desordem antes do fato consumado. Ainda não comecei as minhas explicações com o barão, e o senhor não sabe absolutamente nada sobre o modo e os fundamentos com que pretendo continuar este caso. Quero apenas desmentir a suspeita, ofensiva para mim, de que eu esteja sob a tutela de uma pessoa que teria poder sobre a minha livre vontade. O senhor se inquieta e alarma em vão.

— Pelo amor de Deus, pelo amor de Deus, Aleksiéi Ivânovitch, ponha de lado este seu projeto insensato! — murmurou o general, mudando de repente do tom irado para o da súplica, e até agarrando-me as mãos. — Veja bem, que resultará disso? Um novo aborrecimento! Convenha que devo portar-me aqui de modo particular, sobretudo agora!... sobretudo agora!... Oh, o senhor não conhece, não conhece todas as particularidades da minha vida!... Quando partirmos daqui, estou disposto a aceitá-lo de novo ao meu serviço. Agora, tem de ser assim, bem, numa palavra, o senhor compreende os motivos! — exclamou desesperado. — Aleksiéi Ivânovitch, Aleksiéi Ivânovitch!

Retirando-me em direção da porta, pedi-lhe mais uma vez, encarecidamente, que não se preocupasse, e prometi que tudo se passaria bem, de maneira decente, e apressei-me a sair.

Às vezes, os russos no estrangeiro são demasiado covardes e temem tremendamente o que se possa dizer a seu respeito, a maneira como serão vistos, e se será decente isto e mais aquilo; em suma, comportam-se como se estivessem usando espartilho, e, sobretudo, pretendem ter importância. O mais comum entre eles é alguma forma preconcebida, aceita de uma vez por todas, e que passam a respeitar servilmente, nos hotéis, nos passeios, nas reuniões, em viagem... Mas o general deixara escapar que existiam para ele, ademais, certas circunstâncias peculiares, que ele devia portar-se de certo "modo especial". Foi por isso que, de repente, se acovardou e mudou de tom comigo. Eu o percebi e levei em consideração. E, é claro, ele poderia dirigir-se no dia seguinte, por estupidez, a alguma autoridade, de modo que eu precisava, realmente, agir com cuidado.

Aliás, eu não queria propriamente deixar o general zangado; mas surgiu-me um desejo de irritar Polina. Ela procedera com tamanha crueldade comigo, e me atirara num caminho tão estúpido, que eu tinha uma vontade imensa de levá-la a ponto de ela própria me pedir que parasse. As minhas travessuras de colegial podiam, por fim, comprometê-la também. Além disso, outras sensações e desejos surgiram em mim; se eu, por exemplo, me anulo perante ela, por minha própria vontade, isso não significa de nenhum modo que eu seja, diante das pessoas em geral, um joão-ninguém, e não será o barão, naturalmente, que poderá "bater-me com a bengala". Tive ganas de rir deles e sair-me de tudo galhardamente. Haviam de ver. Certamente, ela iria assustar-se com o escândalo e chamar-me novamente! E, embora não me chamasse, veria mesmo assim que não sou um joão-ninguém...

(Uma notícia surpreendente: a babá, que encontrei na escada, acaba de me dizer que Mária Filípovna partiu hoje, com o trem da tarde, completamente sozinha, para Karlsbad, a fim de se reunir a uma prima. Que significa esta notícia? A babá diz que há muito ela pretendia fazer isto; mas como foi que ninguém o soube? Aliás, é possível que eu fosse o único a ignorá-lo. Conversando comigo, a babá deixou escapar que Mária Filípovna teve anteontem uma discussão séria com o general. Compreendo. Certamente, trata-se de *Mlle.* Blanche. Sim, algo decisivo está para acontecer em nosso meio.)

VII

De manhã, chamei o criado e disse-lhe que tirassem a minha conta separadamente. O meu quarto não era tão caro que eu me assustasse muito com a despesa e me mudasse do hotel. Tinha dezesseis *friedrichsdors*, e depois... depois, talvez a riqueza! Coisa estranha, eu ainda não ganhei no jogo, mas estou agindo, sentindo e pensando como um ricaço, e não consigo imaginar-me de outro modo.

Apesar da hora matinal, eu pretendia ir imediatamente procurar *Mister* Astley no Hôtel d'Angleterre, a dois passos do nosso, quando Des Grieux entrou no meu quarto. Isso nunca sucedera até então, e, além disso, nos últimos tempos, eu tivera com esse senhor as relações mais frias e tensas. Longe de ocultar o seu desdém por mim, ele esforçava-se até por manifestá-lo; e eu, por meu lado, tinha minhas próprias razões para não o ver com bons olhos. Numa palavra, odiava-o. Fiquei muito surpreso com a sua visita. Compreendi no mesmo instante que sucedera algo extraordinário.

Entrou com ar muito amável e elogiou-me pelo quarto. Vendo que eu tinha o chapéu na mão, quis saber se, realmente, ia sair tão cedo a passeio. Ouvindo que eu ia tratar de um caso com *Mister* Astley, pensou um pouco, chegou a alguma conclusão, e o seu rosto adquiriu um ar extremamente preocupado.

Des Grieux era como todos os franceses, isto é, alegre e amável, se isto se tornava necessário e vantajoso, mas intoleravelmente cacete, quando desaparecia a necessidade de apresentar-se amável e alegre. É raro que um francês seja naturalmente amável; sua amabilidade parece resultar sempre de uma ordem, de um cálculo. Por exemplo, se ele percebe a necessidade de se mostrar fantástico, original, fora do comum, a sua fantasia, que é do tipo mais estúpido e antinatural, constitui-se de formas predeterminadas e que há muito já se tornaram vulgares. Ao natural, o francês é do mais burguês, miúdo e cotidiano positivismo; em suma, é a criatura mais cacete do mundo. A meu ver, apenas novatos e sobretudo mocinhas russas ficam encantados com os franceses. Mas todo ser honesto percebe imediatamente e sente, como algo intolerável, o burocratismo de formas preestabelecidas dessa amabilidade, desenvoltura e alegria de salão.

— Venho tratar de um caso com o senhor — começou com ar independente ao extremo, embora com delicadeza — e não vou esconder-lhe que venho como embaixador, ou, mais propriamente, como mediador, de parte do general. Conhecendo muito mal o russo, não compreendi quase nada da conversa de ontem, mas o general explicou-me tudo com detalhes, e confesso...

— Mas ouça-me, *Monsieur* Des Grieux — interrompi — o senhor se encarregou da tarefa de mediador neste caso. Naturalmente, na minha qualidade de *un outchitel*, nunca aspirei à honra de amigo próximo dessa família ou a quaisquer outras relações de maior intimidade e, por isso, desconheço certas particularidades; mas explique-me o seguinte: será que o senhor já se tornou, efetivamente, membro da família? Pois, afinal, o senhor participa de tal modo em tudo, e sempre assume-me, imediatamente, o papel de mediador...

A minha pergunta não lhe agradou. Era por demais transparente, e ele não queria de modo algum trair-se.

— Estou ligado ao general em parte por negócios, em parte por *certas circunstâncias especiais* — disse com secura.

— O general mandou-me aqui, a fim de pedir ao senhor que abandone as suas intenções de ontem. Tudo o que o senhor inventou é, sem dúvida, muito espirituoso; mas ele me pediu justamente para explicar-lhe que não terá nisso qualquer êxito; ademais, o barão não o receberá e, finalmente, ele tem, em todo caso, meios para se livrar de novas contrariedades provocadas pelo senhor. Quanto a isso, deve concordar comigo. Diga-me, portanto: para que continuar? Quanto ao general, promete, com toda a segurança, aceitá-lo de novo em sua casa, logo que as circunstâncias o permitam, e, até lá, conservar-lhe o seu salário, *vos appointements*. Um trato bastante vantajoso, não é verdade?

Repliquei-lhe, com muita calma, que ele estava um tanto enganado; provavelmente, eu não seria expulso da casa do barão, mas, ao contrário, iriam ouvir-me; pedi-lhe, então, que me confessasse: não viera apenas para me sondar sobre o modo pelo qual eu ia abordar todo aquele caso?

— Oh, meu Deus! Visto que o general está assim interessado, não lhe seria agradável, compreende-se, saber o que o senhor vai fazer? É tão natural!

Comecei a explicar o caso, e ele ficou ouvindo, refestelado, a cabeça ligeiramente inclinada para mim, com um reflexo não dissimulado de ironia no rosto. De modo geral, afetava um ar sumamente altivo. Eu procurava, com todas as forças, fingir que estava encarando o caso do ponto de vista mais sério. Expliquei-lhe que, levando-se em consideração que o barão se dirigira ao general com uma queixa contra mim, como se eu fosse um criado, privara-me, em primeiro lugar, do meu emprego, e em segundo, tratara-me como a uma pessoa incapaz de responder por si e com quem nem vale a pena conversar. Naturalmente eu me sentia ofendido e com razão; no entanto, compreendendo a diferença de idade, posição social etc., etc. (nesse ponto, mal consegui conter o riso), eu não queria assumir uma nova leviandade, isto é, exigir do barão, diretamente, ou mesmo oferecer-lhe apenas, a oportunidade de uma satisfação. Todavia, considerava-me no pleno direito de apresentar-lhe, e sobretudo à baronesa, as

Um jogador

minhas desculpas, tanto mais que, realmente, nos últimos tempos, eu me sentia mal de saúde, um tanto perturbado, de ânimo fantasioso etc., etc. Todavia, o próprio barão, dirigindo-se na véspera, de modo ofensivo para mim, ao general, insistindo com ele em que me despedisse, colocara-me em tal situação que eu não podia mais apresentar-lhe, bem como à baronesa, as minhas desculpas, porque ele, sua esposa e todo mundo iriam considerar semelhante atitude como provocada pelo desejo de ser reintegrado no emprego. Concluía-se de tudo isso que eu me achava obrigado a pedir ao barão que, em primeiro lugar, se desculpasse perante mim, usando as expressões mais moderadas, dizendo, por exemplo, que de nenhum modo quisera ofender-me. E, depois que o barão o fizesse, eu, por meu turno, tendo as mãos desatadas, iria apresentar-lhe as minhas desculpas sinceras, de todo o coração. Numa palavra — concluí — eu pedia apenas que o barão me desatasse as mãos.

— Irra, que suscetibilidade e quanta sutileza! E para que precisa o senhor desculpar-se? Ora, concorde comigo, *monsieur... monsieur...* que o senhor está tramando tudo isso de propósito, para exasperar o general... ou talvez o senhor tenha algum objetivo particular... *mon cher monsieur, pardon, j'ai oublié votre nom, Monsieur Alexis?... n'est ce pas?*[28]

— Mas, permita que lhe pergunte, *mon cher marquis*,[29] é da sua conta?

— *Mais le general...*[30]

— E o que há com o general? Ontem ele disse alguma coisa no sentido de que precisava manter-se num certo nível... e estava tão inquieto... mas eu não compreendi nada.

---

[28] "meu caro senhor, perdão, esqueci o seu nome, Senhor Aleksiéi?... não é mesmo?". (N. do T.)

[29] "meu caro marquês". (N. do T.)

[30] "Mas o general...". (N. do T.)

— Nisso há... existe realmente uma circunstância especial — replicou Des Grieux num tom súplice, em que se percebia cada vez mais nitidamente uma nota de despeito. — O senhor conhece *Mademoiselle* de Cominges?
— Isto é, *Mademoiselle* Blanche?
— Sim, *Mademoiselle Blanche de Cominges... et madame sa mère...*[31] convenha comigo, o general... numa palavra, o general está apaixonado e até... é possível, mesmo, que se celebre aqui um casamento. E imagine, com isso, toda espécie de escândalos, de histórias...
— Não vejo no caso nem escândalos, nem histórias que se relacionem com o casamento.
— *Mais le baron est si irascible, un caractère prussien, vous savez, enfin il fera une querelle d'Allemand.*[32]
— Nesse caso, será comigo, e não com o senhor, pois não pertenço mais à casa... (Intencionalmente, procurei ser o mais incoerente possível.) Mas, permita-me perguntar-lhe: então, está decidido que *Mademoiselle* Blanche se casará com o general? Nesse caso, que estão esperando? Quero dizer: para que escondê-lo, ao menos de nós, que somos de casa?
— Não posso dizê-lo ao senhor... Aliás, isto ainda não está completamente... contudo... o senhor sabe, estão esperando uma notícia da Rússia; o general precisa arranjar os negócios...
— *Ah, ah! la baboulinka!*
Des Grieux olhou-me com ódio.
— Numa palavra — interrompeu-me —, confio plenamente na sua inata amabilidade, na sua inteligência, no seu

---

[31] "A Senhorita Blanche de Cominges... e a senhora sua mãe...". (N. do T.)

[32] "O barão é tão irascível, um caráter prussiano, o senhor sabe, enfim, ele fará uma tempestade num copo d'água". Note-se a ironia do trocadilho na expressão *querelle d'Allemand*, que significa "briga sem motivo", "tempestade em copo d'água". (N. do T.)

tato... O senhor, naturalmente, há de fazer isso pela família em que foi acolhido como um parente, em que foi amado, respeitado...

— Perdão, fui expulso! O senhor afirma agora que foi apenas para guardar as aparências; no entanto, se alguém lhe disser: "Está claro que não quero puxar-lhe as orelhas, mas, para disfarçar, permita-me que as puxe..." — convirá comigo que o resultado é quase o mesmo, não?

— Se é assim, se nenhum pedido exerce influência sobre o senhor — começou ele com severidade e arrogância — permita-me assegurar-lhe que serão tomadas algumas medidas. Existem autoridades aqui, o senhor será deportado hoje mesmo... *que diable! Un blanc-bec comme vous*[33] quer desafiar uma pessoa como o barão para um duelo! Pensa que será deixado em paz? E, creia-me, ninguém o teme aqui! Se eu lhe fiz um pedido, foi mais por minha conta, porque o senhor incomodou o general. Pensa que o barão não mandará simplesmente enxotá-lo de casa por um criado?

— Mas eu não irei pessoalmente — respondi, muito tranquilo. — O senhor se engana, *Monsieur* Des Grieux, tudo isso vai acontecer de modo muito mais correto do que está pensando. Vou já conversar com *Mister* Astley e pedir-lhe que seja meu padrinho, numa palavra, meu *second*.[34] Ele gosta de mim e, certamente, não se recusará. Irá à procura do barão, e este vai recebê-lo. Se eu próprio sou um *outchitel* e pareço de algum modo um *subalterne*, e, ademais, indefeso, *Mister* Astley é sobrinho de lorde, um lorde de verdade, o Lorde Peabroke, que se encontra aqui. O barão, creia-me, será delicado com *Mister* Astley, e vai ouvi-lo. E, se não o ouvir, *Mister* Astley há de considerar isso como uma ofensa à sua própria pessoa (o senhor sabe como os ingleses são exi-

---

[33] "que diabo! Um fedelho como o senhor". (N. do T.)

[34] "padrinho" num duelo. (N. do T.)

gentes) e mandará um amigo seu para se entender com o barão, e ele tem boas amizades. O resultado, como vê, talvez seja diferente do que supõe.

O francês acovardou-se de fato; realmente, tudo aquilo se parecia muito com a verdade, e demonstrava que eu, em todo caso, estava em condições reais de iniciar uma complicação.

— Mas eu lhe peço — começou ele, num tom bem súplice — deixe tudo isso! Parece que lhe é agradável o fato de surgir uma complicação! O que o senhor quer não é uma satisfação, mas uma complicação dessas! Eu disse que tudo ia sair divertido e até espirituoso, o que talvez seja exatamente o seu objetivo, mas, em suma — concluiu, vendo que eu me levantara e apanhava o chapéu —, vim transmitir-lhe estas duas palavras de certa pessoa; leia, fui encarregado de esperar pela resposta.

Em seguida, tirou do bolso e apresentou-me um bilhete pequeno, dobrado e selado com lacre.

Estava escrito ali, com a letra de Polina:

"Tive a impressão de que você pretende continuar com essa história. Você irritou-se e está começando a fazer molecagens. Mas o caso relaciona-se com certas circunstâncias especiais, e eu talvez as explique depois a você; faça-me, pois, o favor de parar com essas coisas e sossegar. Quanta tolice em tudo isso! Você me é necessário e prometeu que me obedeceria. Lembre-se do Schlangenberg. Peço-lhe que seja obediente e, se preciso, ordeno-lhe.

Sua, P.

P. S. — Se está zangado comigo por causa do que sucedeu ontem, desculpe-me."

Quando li aquelas linhas, foi como se tudo se tivesse transtornado a meus olhos. Meus lábios ficaram brancos e eu comecei a tremer. O maldito francês tinha um ar extremamente discreto e desviava de mim os olhos, para não ver minha perturbação. Seria melhor se zombasse de mim com uma gargalhada.

— Está bem — respondi — pode dizer à *Mademoiselle* que fique tranquila. Permita-me, no entanto, perguntar — acrescentei com rudeza — por que esperou tanto tempo para me entregar este bilhete? Em vez de tagarelar sobre bobagens, parece-me, o senhor devia começar por aí... se veio precisamente com este encargo.

— Oh, eu quis... De modo geral, tudo isso é tão estranho que o senhor deve desculpar a minha natural impaciência. Eu quis verificar pessoalmente, o quanto antes, e por meio do senhor mesmo, quais eram as suas intenções. Aliás, não sei o que está escrito nesse bilhete, e pensei que não houvesse urgência em entregá-lo.

— Compreendo, o senhor recebeu simplesmente ordem de entregá-lo apenas em último caso, e deixar de fazê-lo se fosse possível entrar em acordo comigo, simplesmente com uma conversa. Não é verdade? Fale francamente, *Monsieur Des Grieux*.

— *Peut-être*[35] — disse ele, assumindo uma expressão de especial reserva e lançando-me um olhar estranho.

Apanhei o chapéu; ele cumprimentou-me com um aceno de cabeça e saiu. Pareceu-me ver em seus lábios um sorriso zombeteiro. No entanto, poderia ser diferente?

— Ainda vou ajustar contas contigo, francesinho; logo nos defrontaremos! — murmurei, descendo a escada. Ainda não conseguia compreender nada, era como se tivesse recebido uma pancada na cabeça. O ar livre refrescou-me um pouco.

Instantes depois, apenas readquiri a lucidez, duas ideias me ocorreram, com toda a nitidez. Primeiro: certas insignifi-

---

[35] "Pode ser". (N. do T.)

câncias, algumas ameaças inconcebíveis de escolar, expressas na véspera, às carreiras, provocaram um tal alarme geral! Segundo: que influência terá sobre Polina esse francês? Uma palavra sua apenas, e Polina executa tudo o que ele quer, escreve-me um bilhete, e até pede. Naturalmente, as relações entre ambos foram um enigma para mim desde que os conheci; nos últimos dias, contudo, eu notara nela uma decidida repugnância e, mesmo, desdém por ele, que, por sua vez, nem a olhava e chegava a tratá-la de modo simplesmente indelicado. Percebi isso. Polina, ela própria, falara-me de repugnância; estavam-lhe escapando, já, confissões extremamente significativas... Logo, ele simplesmente a tem sob seu domínio e, de certo modo, acorrentada...

VIII

Na *promenade*, como se diz aqui, isto é, na alameda dos castanheiros, encontrei o meu inglês.
— Oh, oh! — foi logo dizendo, ao ver-me. — Estou indo à sua procura, e o senhor à minha. Então, já se separou dos seus?
— Diga-me, em primeiro lugar, como ficou sabendo de tudo isso — perguntei surpreendido. — Acaso já é do conhecimento geral?
— Oh, não, de todos, não; nem vale a pena que fiquem sabendo. Ninguém fala disso.
— Neste caso, por que o senhor sabe?
— Eu sei, isto é, tive a oportunidade de ficar sabendo. Para onde partirá agora? Gosto do senhor e, por isso, vim procurá-lo.
— O senhor é uma pessoa simpática, *Mister* Astley — disse eu (aliás, ficara extremamente surpreso: como sabia ele de tudo?). — Como ainda não tomei café, e o senhor, provavelmente, o tomou às pressas, vamos ao cassino, para o café, sentemo-nos lá, fumando, e lhe contarei tudo, e... o senhor me contará algo também.
Era a uns cem passos. Instalamo-nos, serviram-nos café, eu acendi um cigarro; *Mister* Astley não fumou, e, fixando em mim os olhos, preparou-se para ouvir.
— Não irei a parte alguma, fico aqui mesmo — comecei.
— Eu estava certo de que o senhor ficaria — disse *Mister* Astley, com ar de aprovação.

Indo à procura de *Mister* Astley, não era absolutamente minha intenção falar-lhe do meu amor por Polina. Em todos aqueles dias, quase não lhe dissera palavra sobre o assunto. De mais a mais, ele era muito encabulado. Desde o início, percebi que Polina lhe causara uma impressão extraordinária; ele, todavia, nunca pronunciava o seu nome. Mas, coisa estranha, de repente, mal ele se sentou e fixou em mim o seu olhar plúmbeo, surgiu em mim, por algum motivo ignorado, uma vontade de contar-lhe tudo, isto é, todo o meu amor, com todas as suas nuanças. Falei durante meia hora a fio, e isso me foi extremamente agradável: era a primeira vez que o contava a alguém! E, percebendo que, em algumas passagens particularmente ardentes, ele ficava constrangido, reforcei ainda mais o tom apaixonado de meu relato. Só uma coisa eu lamento: é possível que tenha dito algo de inconveniente sobre o francês...

Mister Astley ficou ouvindo, imóvel à minha frente, sem emitir palavra, um som sequer, os olhos fixos nos meus; quando comecei, porém, a falar do francês, interrompeu-me de repente e perguntou-me com severidade: teria eu direito de referir-me àquela circunstância estranha ao caso? *Mister* Astley usava sempre um modo muito esquisito de formular perguntas.

— O senhor tem razão: temo que não — respondi.

— Não pode dizer nada de concreto sobre aquele marquês e *Miss* Polina, além de meras suposições?

Mais uma vez fiquei surpreso com uma pergunta assim categórica, partindo de um homem tão encabulado como *Mister* Astley.

— Não, nada de positivo — respondi. — Certamente, nada.

— Nesse caso, o senhor fez mal não só em falar disso comigo, mas até em pensá-lo.

— Está bem, está bem! Confesso; mas, agora, não se trata disso — interrompi, surpreso.

Neste ponto, contei-lhe o episódio da véspera com todas as minúcias, o ato disparatado de Polina, a minha aventura com o barão, a minha demissão, a extraordinária covardia do general e, finalmente, a visita de Des Grieux, com todas as suas cambiantes; para concluir, mostrei-lhe o bilhete.

— O que deduz disso? — perguntei. — Vim justamente para saber a sua opinião. Quanto a mim, penso que mataria esse francesinho, e é possível que ainda o faça.

— Eu também — disse *Mister* Astley. — E, no que se refere a *Miss* Polina... o senhor sabe, entra-se em relação mesmo com gente que nos é odiosa, se a necessidade nos obriga a isso. No caso, podem existir relações que o senhor ignora, e que talvez dependam de circunstâncias estranhas. Creio que pode ficar tranquilo; em parte, bem entendido. Quanto à ação dela, ontem, foi, naturalmente, bastante singular, não porque ela quisesse livrar-se do senhor, mandando-o lançar-se sob a bengala do barão (não entendo por que ele não a usou, tendo-a à mão), mas porque semelhante disparate é inconveniente para uma... *miss* tão distinta. Ela não podia prever, compreende-se, que o senhor executaria literalmente aquele desejo, expresso de modo brincalhão...

— Sabe de uma coisa? — exclamei de repente, fixando os olhos em *Mister* Astley. — Tenho a impressão de que o senhor já ouviu falar de tudo isso, e — sabe de quem? — da própria *Miss* Polina!

Mister Astley olhou-me surpreendido.

— O senhor está com os olhos brilhando, e eu leio neles uma suspeita — disse, retomando no mesmo instante a tranquilidade anterior. — No entanto, não tem qualquer direito de expor as suas suspeitas. Não lhe posso reconhecer tal direito e recuso-me inteiramente a responder à sua pergunta.

— Bem, chega! Nem é preciso! — gritei, estranhamente perturbado e sem compreender por que semelhante ideia me assaltara. E quando, onde, como teria Polina escolhido *Mister* Astley para confidente? Aliás, ultimamente, eu quase perdera *Mister* Astley de vista, e, quanto a Polina, sempre fora um enigma para mim, a tal ponto que, por exemplo, naquele momento, depois que me pus a contar a *Mister* Astley toda a história do meu amor, fiquei surpreso, enquanto durava o meu relato, com o fato de não conseguir dizer quase nada de preciso sobre as minhas relações com ela. Pelo contrário, tudo era fantástico, estranho, sem fundamento, e, mesmo, não se parecia com nada.

— Ora, está bem, está bem; fiquei desnorteado, e, mesmo agora, há muita coisa que não consigo compreender — disse eu, parecendo ofegante. — Aliás, o senhor é um homem de bem. Agora, mudemos de assunto, e não lhe peço um conselho, mas a sua opinião. — Fiz uma pausa e continuei: — O que acha? Por que o general se acovardou assim? Por que a minha tão estúpida travessura os levou todos a construir semelhante história? Uma história tal que o próprio Des Grieux considerou indispensável intrometer-se (e ele o faz unicamente nos casos mais importantes), visitou-me (que tal?), pediu-me, implorou-me — ele, Des Grieux, a mim! Ademais, repare nesta circunstância, chegou às nove horas, um pouco antes até, e já trazia o bilhete de *Miss* Polina. Pergunto, então: quando é que foi escrito? Talvez *Miss* Polina tenha sido acordada para esse fim! E que deduzo disso? Que *Miss* Polina é escrava dele (pois até a mim pede perdão!). E, por outro lado, que tem ela com tudo isso — ela, pessoalmente? Para que se interessa tanto pelo caso? Por que eles se assustaram com não sei que barão? E o que há no fato de que o general se case com *Mademoiselle* Blanche de Cominges? Eles dizem que devem portar-se de certo modo *especial*, em consequência desse fato; mas — concorde comigo — isto já se torna demasiado especial! O que acha? Vejo, pelos seus olhos, que também a respeito disto o senhor sabe mais que eu!

Mister Astley sorriu e fez um aceno com a cabeça.

— Com efeito, parece que, também em relação a isso, eu sei muito mais que o senhor — disse ele. — O caso todo refere-se unicamente a certa *Mademoiselle* Blanche, estou convencido de que esta é a pura verdade.

— E o que há com *Mademoiselle* Blanche? — exclamei com impaciência (surgira-me de repente a esperança de que descobriria naquele instante algo sobre *Mademoiselle Pauline*).

— Parece-me que *Mademoiselle* Blanche tem no atual momento um interesse especial em evitar, por todos os meios, um encontro com o barão e a baronesa, ainda mais um encontro desagradável, ou, o que é pior, de caráter escandaloso.

— Ora! Ora!

— Há mais de dois anos, *Mademoiselle* Blanche esteve aqui em Roletenburgo, durante a estação. Eu também me encontrava aqui. *Mademoiselle* Blanche não se chamava então *Mademoiselle* de Cominges, e a sua mãe, *Madame veuve* de Cominges, ainda não existia. Pelo menos, não se ouvia então esse nome. Des Grieux também não existia. Tenho uma profunda convicção de que eles não têm entre si qualquer grau de parentesco, e penso, até, que se conheceram há bem pouco tempo. Des Grieux é, igualmente, marquês de data recente; determinada circunstância leva-me a esta convicção. Pode-se supor, mesmo, que ele passou a chamar-se Des Grieux há pouco tempo. Conheço aqui uma pessoa que já o encontrou com outro nome.

— Mas, não é verdade que ele tem um círculo importante de relações?

— Oh, isso é possível! A própria *Mademoiselle* Blanche pode tê-lo também. Mas, há mais de dois anos, em consequência de uma queixa dessa mesma baronesa, *Mademoiselle* Blanche recebeu da polícia local um convite para deixar a cidade, o que não tardou a fazer.

— Como assim?

— Ela apareceu então aqui, a princípio com um italiano, certo príncipe de nome histórico, Barberini ou algo parecido. Um homem com muitos anéis e brilhantes, e que até não eram falsos. Eles andavam numa carruagem magnífica. *Mademoiselle* Blanche jogava *trente et quarante*, com êxito, a princípio, depois a sorte começou a atraiçoá-la muito, segundo me lembro. Recordo-me de que, certa noite, ela perdeu uma quantia extraordinária. Mas o pior de tudo foi que, *un beau matin*,[36] o tal príncipe desapareceu; sumiram os cavalos, a carruagem, tudo. A dívida no hotel era imensa. *Mademoiselle* Zelmá (em lugar de Barberini, ela se tornou de repente *Mademoiselle* Zelmá) estava no derradeiro grau do desespero. Urrava esganiçadamente por todo o hotel e rasgava as vestes, enfurecida. Neste mesmo hotel, no entanto, hospedava-se um conde polaco (todos os polacos que viajam são condes), e *Mademoiselle* Zelmá, que rasgava as vestes e arranhava o rosto como uma gata com as suas lindas mãos lavadas em perfumes, causou-lhe certa impressão. Trocaram algumas palavras e, à hora do jantar, ela já estava consolada. De noite, apareceu no cassino, de braço com o polaco. *Mademoiselle* Zelmá ficou rindo bem alto, como era seu costume, e suas maneiras tornaram-se mais desenvoltas. Ingressou imediatamente na categoria daquelas senhoras jogadoras de roleta, que, acercando-se da mesa, afastam com o ombro, com toda a força, um jogador, para garantirem um lugar. Essas senhoras consideram tal conduta, aqui, especialmente chique. O senhor, naturalmente, as notou?

— Oh, sim!

— Mas não vale a pena. Para desgosto do público decente, elas não desaparecem daqui, pelo menos aquelas que trocam à mesa, diariamente, notas de mil francos. Aliás, apenas cessam de trocar as notas, são convidadas a deixar o estabelecimento. *Mademoiselle* Zelmá continuava a trocar notas, mas era ainda mais infeliz no jogo. Observe que estas senhoras, muitas vezes, jogam com muita sorte; elas têm um

---

[36] "uma bela manhã". (N. do T.)

admirável controle sobre si. Aliás, aqui termina a minha história. Um dia, o conde desapareceu do mesmo modo que o príncipe. De noite, *Mademoiselle* Zelmá já apareceu para jogar sozinha; desta vez não surgiu ninguém para oferecer-lhe o braço. Em dois dias, perdeu tudo o que possuía. Tendo apostado, e perdido, o último *louis d'or*, olhou em derredor e viu perto de si o Barão Wurmerhelm, que a estava examinando bem detidamente e com profunda indignação. *Mademoiselle* Zelmá, porém, não percebeu aquela indignação e, dirigindo-se ao barão com o seu conhecido sorriso, pediu-lhe que apostasse por ela dez *louis d'or* no vermelho. Em consequência, houve uma queixa da baronesa e ela foi convidada, ao anoitecer, a não aparecer mais no cassino. Se o senhor se admira pelo fato de eu conhecer todas essas pequenas minúcias, francamente inconvenientes, saiba que as ouvi justamente de *Mister* Fieder, meu parente, que, naquela mesma noite, conduziu *Mademoiselle* Zelmá, na sua caleça, de Roletenburgo para Spa. Compreenda agora: *Mademoiselle* Blanche quer tornar-se generala, provavelmente para não receber nunca mais convites do gênero do que lhe fez, há dois anos e pouco, a polícia do cassino. Atualmente, ela não joga mais; mas isto se deve ao fato de que, segundo todos os indícios, possui já um capital, que empresta a juros aos jogadores. Isto é muito mais prudente. Suspeito, mesmo, que o infeliz general também lhe deve. É possível que Des Grieux seja igualmente seu devedor. Ou talvez seu sócio. Convenha comigo que, ao menos até o casamento, ela não gostaria de atrair de algum modo a atenção do barão e da baronesa. Numa palavra, na situação em que se encontra, um escândalo é o que pode haver de menos vantajoso. Quanto ao senhor, está ligado à casa, e os seus atos podem provocar esse escândalo, tanto mais que ela aparece diariamente em público de braço com o general ou com *Miss* Polina. Está compreendendo, agora?

— Não, não compreendo! — gritei, batendo com toda a força na mesa, de modo que o garçom acorreu, assustado.

— Diga-me, *Mister* Astley — repeti fora de mim — uma vez que o senhor já conhecia toda esta história, e, por conseguinte, sabia de cor o que representa *Mademoiselle* Blanche de Cominges, por que não preveniu ao menos a mim, ao próprio general e, principalmente, a *Miss* Polina, que aparecia aqui na sala de jogo, em público, de braço com ela? É possível agir assim?

— Não havia motivo para que eu avisasse o senhor, pois nada poderia fazer — respondeu tranquilamente *Mister* Astley. — E, ademais, preveni-lo do quê? O general talvez saiba sobre *Mademoiselle* Blanche ainda mais que eu e, apesar disso, passeia com ela e com *Miss* Polina. É um homem infeliz. Ontem, vi *Mademoiselle* Blanche montando um cavalo magnífico, em companhia de *Monsieur* Des Grieux e daquele mesmo principezinho russo, enquanto o general trotava atrás, num cavalo ruivo. Tinha dito de manhã que lhe doíam as pernas, mas a sua postura era boa. E, naquele instante, veio-me de repente a ideia de que ele era um homem completamente perdido. Por outro lado, nada tenho a ver com isso, e apenas há pouco tempo tive a honra de conhecer *Miss* Polina. Aliás (lembrou-se de repente *Mister* Astley), já lhe disse que não posso reconhecer-lhe o direito de fazer-me certas perguntas, apesar de gostar sinceramente do senhor...

— Isso basta — disse eu, erguendo-me. — Agora, vejo claro como o dia que *Miss* Polina também já sabe tudo sobre *Mademoiselle* Blanche, mas como não pode separar-se do seu francês, decide-se a passear em companhia dela. Acredite, nenhuma outra influência a obrigaria a passear com *Mademoiselle* Blanche, nem a implorar-me, num bilhete, que não incomodasse o barão. Aqui devemos ver aquela influência, diante da qual tudo se dobra! E, no entanto, foi ela mesma quem me empurrou contra o barão! Com os diabos, isso tudo é tão difícil de compreender!

— O senhor esquece, em primeiro lugar, que essa *Mademoiselle* de Cominges é noiva do general, e, em segundo, que

Miss Polina, sua enteada, tem um irmão e uma irmã pequenos, filhos do mesmo general, que já foram completamente abandonados por esse homem louco, e até, segundo parece, roubados.

— Sim, sim! É isso! Afastar-se das crianças quer dizer abandoná-las completamente, e ficar significa defender os interesses delas e, talvez, salvar uns pedacinhos da propriedade. Sim, sim, tudo isso é verdade! Mas, apesar de tudo, apesar de tudo! Oh, compreendo por que todos eles se interessam a tal ponto, agora, pela vovozinha!

— Por quem? — perguntou *Mister* Astley.

— Por aquela velha bruxa de Moscou, que não morreu ainda, e de cuja morte estão esperando a notícia, por um telegrama.

— Oh, sim, naturalmente, todo o interesse se concentrou na pessoa dela. Tudo está na herança! Se esta aparecer, o general se casará; *Miss* Polina ficará livre, e Des Grieux...

— Bem, e Des Grieux?

— Des Grieux há de receber, também, uma quantia; é o que ele está esperando aqui.

— Somente isso? O senhor pensa que é isso apenas?

— Não sei de mais nada. — *Mister* Astley calou-se obstinadamente.

— Mas eu sei, eu sei! — repeti enfurecido. — Ele também está à espera da herança, porque Polina vai ter um dote e, recebido o dinheiro, há de se atirar ao pescoço dele. Todas as mulheres são assim! E as mais orgulhosas dentre elas revelam-se as mais vulgares das escravas! Polina é capaz apenas de amar com toda a paixão e mais nada! Eis a minha opinião a seu respeito! Olhe para ela, sobretudo quando está sentada sozinha, pensativa: é algo predestinado, condenado, maldito! Ela é capaz de todos os horrores da vida, de todas as paixões... ela... ela... mas quem me está chamando? — exclamei de repente. — Quem está gritando? Ouvi alguém gritar em russo: "Aleksiéi Ivânovitch!". Uma voz feminina, ouça, ouça!

Um jogador

Naquele momento, estávamos chegando ao nosso hotel. Havia muito que deixáramos o café quase sem perceber.

— Ouvi gritos femininos, mas não sei a quem estão chamando; é em russo; agora, estou percebendo de onde vêm os gritos — indicou *Mister* Astley. — Quem grita é aquela mulher sentada numa grande cadeira de rodas, e que tantos criados acabam de carregar até a entrada do edifício. Atrás, estão levando malas, quer dizer que o trem acaba de chegar.

— Mas, por que ela me chama? Está gritando de novo; veja, está nos fazendo sinal com a mão.

— Vejo também que está fazendo sinal — disse *Mister* Astley.

— Aleksiéi Ivânovitch! Aleksiéi Ivânovitch! Ah, meu Deus, que imbecil! — Gritos desesperados ressoavam à entrada do hotel.

Fomos quase correndo até lá. Pisei no patamar e... meus braços descaíram de espanto, e os pés ficaram-me grudados ao chão de pedra.

IX

No patamar superior da ampla entrada do hotel — para onde fora carregada numa cadeira, rodeada de seus criados e criadas particulares e de toda a criadagem numerosa e subserviente do hotel, diante do *Oberkellner*[37] em pessoa, vindo ao encontro da nobre hóspede que chegara com tamanha bulha, trazendo seus próprios criados e tantas malas e baús — estava entronizada... *a avó!* Sim, era ela mesma, temível e rica, Antonida Vassílievna Tarassiévitcheva, proprietária rural e senhora moscovita, de setenta e cinco anos, *la babou-linka*, por causa de quem se enviavam e recebiam telegramas, que estava morrendo, mas não morreu, e que, de repente, ali surgia em pessoa, como que caída do céu. Aparecera, embora sem poder andar, carregada numa cadeira de rodas, sempre, como nos últimos cinco anos, mas, como de costume, animada, com um ar de desafio, satisfeita consigo mesma, ereta, gritando alto e de modo autoritário, descompondo a todos, em suma, exatamente como eu tivera a honra de vê-la umas duas vezes, desde que fora admitido em casa do general, na qualidade de preceptor. Está claro que parei diante dela feito um estafermo, tal a minha surpresa. Ela me enxergara, com seus olhos de lince, à distância de uns cem passos, quando a estavam levando para cima, na sua cadeira; reconheceu-me e

---

[37] Chefe da criadagem, em alemão. (N. do T.)

chamou-me pelo nome, seguido do patronímico,[38] os quais, apenas os ouvira, guardara para sempre, segundo seu costume. "E era uma pessoa assim que eles esperavam ver morta e enterrada, depois de ter deixado uma herança! — este pensamento passou-me rápido pela cabeça. — Mas ela há de sobreviver a todos nós e a todos no hotel! Meu Deus, o que será agora de nossa gente, o que será do general? Ela há de virar o hotel todo pelo avesso!"

— Bem, paizinho, por que ficas aí na minha frente, de olhos arregalados?! — continuou a gritar comigo a avó. — Não sabes vir cumprimentar uma pessoa, será possível? Ou ficaste orgulhoso e não queres? Ou, talvez, não me reconheceste? Repara, Potápitch[39] — disse ela dirigindo-se a um velhinho grisalho de fraque e gravata branca, dono de uma calva rósea, seu mordomo, que a acompanhara na viagem. — Repara, não me reconhece! Já me enterraram! Mandavam telegrama atrás de telegrama: já morreu ou não morreu ainda? Bem que eu sei de tudo! Mas, podes ver, estou bem viva!

— Mas, por favor, Antonida Vassílievna, por que ia eu desejar-lhe mal? — respondi alegre, voltando a mim. — Fiquei apenas surpreso... E, realmente, foi tão inesperado...

— E o que há nisto para ficares espantado? Sentei-me no trem e parti. No vagão é bom, não sacode. Foste passear, não?

— Sim, dei uma volta pelo cassino.

— É bom aqui — disse a avó, olhando ao redor. — Faz calor e as árvores são magníficas. Gosto disso! A nossa gente está no hotel? O general?

— Oh, sim, no hotel! A esta hora devem estar todos no hotel.

---

[38] Na Rússia, constitui tratamento respeitoso chamar alguém pelo nome, seguido do patronímico. (N. do T.)

[39] Corruptela de Potápovitch. O emprego desse patronímico, sem o primeiro nome, é sinal de familiaridade. (N. do T.)

— Eles também têm aqui horário certo e tudo que é cerimônia? Apresentam-se em grande estilo! Ouvi dizer que *les seigneurs russes*[40] mantêm uma carruagem! Ficaram sem nada, e pronto, vai-se para o estrangeiro! E Praskóvia[41] está com ele?

— Sim, Polina Aleksândrovna está aqui também.

— E o francesinho? Bem, eu mesma vou ver todos eles; Aleksiéi Ivânovitch, indica-me o caminho que leva diretamente ao general. E tu estás bem aqui?

— Mais ou menos, Antonida Vassílievna.

— E tu, Potápitch, diga a este imbecil de criado que me reservem um apartamento bom, confortável, não muito em cima, e leve para lá as minhas coisas, agora mesmo. E por que todo mundo se intromete para me carregar? Para que eles estão chegando perto? Que escravos! Quem está contigo? — disse ela, dirigindo-se novamente a mim.

— É *Mister* Astley — respondi.

— Que *Mister* Astley?

— Ele está viajando, é um bom amigo meu; conhece também o general.

— Inglês. Por isso é que ele fixou assim os olhos em mim e permanece incapaz de descerrar os dentes. Aliás, eu gosto de ingleses. Bem, carreguem-me para cima, para o apartamento deles; onde fica?

A avó foi carregada; eu caminhava na frente, pela escadaria ampla do hotel. O nosso desfile, realmente, era de grande efeito. Todos os que nos encontravam se detinham e nos fixavam de olhos arregalados. O nosso hotel era considerado o melhor, o mais caro e o mais aristocrático da região das águas. Na escadaria e nos corredores, cruza-se, sempre, com

---

[40] "os senhores russos". (N. do T.)

[41] Polina é uma forma afrancesada do nome russo Praskóvia. O apego da avó ao nome primitivo expressa a sua atitude em face da imitação dos costumes ocidentais. (N. do T.)

senhoras magníficas e ingleses imponentes. Muitos procuravam informações embaixo com o *Oberkellner*, que estava, por sua vez, muito impressionado. Respondia, naturalmente, a todos os que lhe faziam perguntas, que era uma estrangeira importante, *une russe, une comtesse, grande dame*,[42] e que ocuparia os mesmos aposentos em que estivera, uma semana antes, *la grande-duchesse de N*.[43] A maior sensação era provocada pelo ar imperioso, autoritário, da avó, que estava sendo levada em sua cadeira. Encontrando qualquer pessoa nova, examinava-a curiosamente, da cabeça aos pés, e interrogava-me em voz alta a seu respeito. A avó era de uma raça de gente alta, e, embora não se erguesse da cadeira, percebia-se ter um porte bem avantajado. Mantinha os ombros retos, como uma tábua, e não se apoiava no espaldar. A sua cabeça grande, grisalha, com os traços do rosto graúdos e abruptos, ficava continuamente erguida; o olhar tinha, até, algo de arrogante e desafiador; e via-se que tanto o olhar como os gestos eram inteiramente naturais. Apesar dos seus setenta e cinco anos, o rosto era bastante fresco e mesmo os dentes não estavam muito estragados. Trajava vestido de seda preta e uma touca branca.

— Ela me interessa profundamente — murmurou-me ao ouvido *Mister* Astley, subindo a escada a meu lado.

"Está informada sobre os telegramas — pensei — e também sobre Des Grieux, mas, ao que parece, não sabe muito sobre *Mlle*. Blanche." Comuniquei isto, no mesmo instante, a *Mister* Astley.

Pecador que sou! Mal passara a minha primeira surpresa, e fiquei extremamente encantado com o raio que íamos fazer cair nos aposentos do general. Algo parecia espicaçar-me, e eu caminhava à frente, numa grande alegria.

---

[42] "uma russa, condessa, senhora de alta sociedade". (N. do T.)

[43] "a grã-duquesa de N." (N. do T.)

Nossa gente estava hospedada no terceiro andar; não anunciei nada e não bati sequer na porta, mas simplesmente abri-a de par em par, e a avó foi carregada para lá em triunfo. Como que de propósito, achavam-se todos reunidos no escritório do general. Era meio-dia e, parece, estava-se projetando um passeio: iriam todos, uns de caleça, outros a cavalo; alguns conhecidos foram também convidados. Estavam no escritório o general, Polina com as crianças, as babás, Des Grieux, *Mlle*. Blanche, novamente em traje de montaria, sua mãe *Mme. veuve* Cominges, o pequeno príncipe e mais certo sábio alemão, um explorador que eu já vira ali. A cadeira da avó foi arriada bem no centro do escritório, a três passos do general. Meu Deus, nunca vou esquecer aquela impressão! Antes de entrarmos, o general contava algo e Des Grieux o corrigia. Deve-se observar que já havia dois ou três dias que *Mlle*. Blanche e Des Grieux faziam, por algum motivo, uma corte assídua ao pequeno príncipe — *à la barbe du pauvre général*,[44] e todo o grupo tinha, ainda que artificialmente, o mais alegre tom de contentamento familiar. Ao ver a avó, o general, de repente, petrificou-se, abriu a boca, detendo-se no meio de uma palavra. Fixou nela os olhos esbugalhados, como se estivesse sob o encanto do olhar do basilisco.[45] A avó também o olhava em silêncio, imóvel — mas, como era triunfante, provocador e zombeteiro aquele olhar! Ficaram olhando-se assim uns dez segundos batidos, sob o mais profundo silêncio de todos os presentes. Des Grieux ficou, a princípio, entorpecido, mas, pouco depois, apareceu-lhe no rosto uma inquietação extraordinária. *Mlle*. Blanche ergueu as sobrancelhas, abriu a boca e ficou examinando a avó, com espanto. O príncipe e o cientista contemplavam todo este quadro,

---

[44] "nas barbas do pobre general". (N. do T.)

[45] Segundo as lendas medievais, o basilisco, animal fabuloso, matava simplesmente com o olhar. (N. do T.)

completamente estupefatos. Uma surpresa e perplexidade extraordinárias transluziram no olhar de Polina, mas, de repente, ficou pálida como um lenço; um instante depois, o sangue afluiu-lhe de chofre ao rosto e inundou-lhe as faces. Sim, era uma catástrofe para todos! Eu corria o olhar, a todo momento, da avó para os demais presentes e vice-versa. *Mister* Astley permanecia afastado do grupo, tranquilo e digno, como de costume.

— Bem, aqui estou eu, em lugar do telegrama! — explodiu, finalmente, a avó, rompendo o silêncio. — Então, não me esperavam?

— Antonida Vassílievna... titia... mas, de que modo... — murmurou o infeliz general.

Se a avó passasse mais alguns segundos sem falar, ele teria, provavelmente, um ataque.

— O quê? De que modo? Sentei-me no trem e viajei. Para que existem, então, as estradas de ferro? E vocês já estavam pensando que eu tinha esticado as canelas e lhes deixara a herança? Bem que eu sei como estavas mandando telegramas daqui. Pagaste por eles uma fortuna, creio eu. Daqui, não é barato. E eu pus os pés nas costas e vim para cá. É aquele o francês? *Monsieur* Des Grieux, se não me engano?

— *Oui, madame* — replicou Des Grieux — *et croyez, je suis si enchanté... votre santé... c'est un miracle... vous voir ici, une surprise charmante...*[46]

— Isso, isso, *charmante*; eu te conheço, palhaço, e não acredito em ti nem isto! — e ela mostrou-lhe o dedo mínimo.
— E quem é esta? — disse, indicando *Mlle.* Blanche. A vistosa francesa, em traje de amazona e chicotinho na mão, causara-lhe, ao que parecia, impressão profunda. — É daqui, não?

---

[46] "Sim, minha senhora... e acredite, estou tão encantado... a sua saúde... é um milagre... vê-la aqui, uma surpresa encantadora...". (N. do T.)

— É *Mademoiselle* Blanche de Cominges, e aqui está a sua mãezinha, *Madame* de Cominges; estão hospedadas neste hotel — informei.

— A filha é casada? — interrogava a avó, sem cerimônia.

— *Mademoiselle* de Cominges é solteira — respondi com o tom mais respeitoso e, intencionalmente, a meia-voz.

— É alegre?

A princípio, não compreendi a pergunta.

— As pessoas não se aborrecem em sua companhia? Ela compreende russo? Este Des Grieux, por exemplo, aprendeu lá em Moscou a defender-se menos mal em nossa língua.

Expliquei-lhe que *Mlle*. de Cominges nunca estivera na Rússia.

— *Bonjour!*[47] — disse a avó, dirigindo-se abruptamente a *Mlle*. Blanche.

— *Bonjour, madame* — fez *Mlle*. Blanche, com uma pequena reverência, cerimoniosa e elegante, deixando transparecer em toda a expressão de seu rosto e de sua pessoa — e sob o disfarce de modéstia e delicadeza extraordinárias — a surpresa extrema que lhe causavam uma pergunta e um tratamento tão estranhos.

— Oh!, baixou os olhos, está mostrando que tem boas maneiras, é cerimoniosa; o pássaro se conhece pelo voo; deve ser uma espécie de atriz. Eu me instalei aqui no hotel, embaixo — disse ela, dirigindo-se de repente ao general. — Vou ser tua vizinha; estás contente ou não?

— Ó titia! Creia na sinceridade... do meu contentamento — replicou o general.

Começara a recobrar a presença de espírito, e, visto que, apresentando-se a ocasião, sabia expressar-se bem, com ar importante e pretensão a causar algum efeito, começou a expandir-se daquela vez também. — Ficamos tão alarmados e

---

[47] "Bom dia!". (N. do T.)

impressionados com as notícias da sua doença... Recebíamos telegramas tão desalentadores, e, de repente...

— Ora, é mentira, é mentira! — interrompeu-o imediatamente a avó.

— Mas, de que modo — disse o general interrompendo-a também, e erguendo a voz, procurando não notar aquele "é mentira" — de que modo, no entanto, a senhora se decidiu a uma tal viagem? Concorde comigo que, na sua idade, e com a sua saúde... pelo menos, tudo isso é tão inesperado que a nossa surpresa torna-se bem compreensível. Mas eu estou tão contente... e todos nós (pôs-se a sorrir, comovido, com expressão de profunda alegria) reuniremos as nossas forças para tornar o mais agradável possível o tempo que vai passar aqui...

— Bem, chega; uma tagarelice inútil; uma porção de patacoadas, como de costume; sei arranjar-me sozinha também. Aliás, não tenho nada contra a companhia de vocês; não guardo rancores. De que modo?, perguntas. Porém, o que há nisso de surpreendente? Do modo mais simples. E por que se espantam todos eles? Bom dia, Praskóvia. O que fazes aqui?

— Bom dia, vovó — disse Polina, aproximando-se dela.

— Passou muito tempo viajando?

— Bem, esta pelo menos fez uma pergunta mais inteligente, enquanto os outros só ficam aí: "ah!" e mais "ah!". Queres saber? Estava deitada, os médicos iam-me tratando sem parar, mas, um dia, eu os mandei embora e chamei o sacristão da igreja de São Nicolau. Ele tinha curado da mesma doença uma mulher, aplicando-lhe feno fermentado. Pois bem, isso foi bom para mim também; no terceiro dia, fiquei toda suada e levantei-me. Depois, reuniram-se de novo aqueles meus alemães, puseram os óculos e começaram a fingir: "Agora, disseram, se fosse para o estrangeiro, fazer uma estação de águas, as obstruções intestinais passariam de vez". "E por que não?" — pensei. Os paspalhões puseram-se então a soltar uns "ahs": "Mas não conseguirá chegar até lá ago-

Um jogador   95

ra!". Que coisa! Um dia, eu me preparei para viajar, e, na sexta-feira da semana passada, peguei uma criadinha, o Potápitch e o criado Fiódor; mas este mandei voltar de Berlim, pois vi que não me era necessário e eu podia chegar ao destino até sozinha... Aluguei vagão especial, e há carregadores em todas as estações, que, por vinte copeques, levam as coisas da gente para onde se quiser. Mas que apartamento vocês alugaram! — concluiu, olhando em derredor. Com que dinheiro foi isso, paizinho? Estás com tudo hipotecado. Só a esse francesinho quanto não estás devendo? Bem que eu sei de tudo, de tudo!

— Eu, titia... — começou o general, inteiramente confuso. — Estou me admirando, titia... parece-me que posso, mesmo sem controle de ninguém... Além disso, as minhas despesas não excedem as minhas rendas, e nós aqui...

— Não excedem, disseste?! Com certeza, já roubaste das crianças o seu último copeque! Bonito tutor!

— Depois disso, depois dessas palavras... — começou o general, indignado — eu não sei mais...

— Claro que não sabes! Certamente, não sais de perto da roleta? Já perdeste tudo?

O general estava tão fora de si que, por pouco, não sufocou sob o fluxo da indignação.

— Na roleta! Eu?! Eu! Com a minha posição... Volte a si, titia, a senhora, provavelmente, ainda não está boa de saúde...

— Ora, mentes, mentes; certamente, ninguém consegue arrancar-te de lá; não páras de mentir! Hoje mesmo, vou ver o que é essa roleta. Conta-me, Praskóvia, o que existe por aí para se ver; Aleksiéi Ivânovitch também vai mostrar-me, e tu, Potápitch, anota os lugares aonde temos que ir. O que se costuma ir ver aqui? — disse ela, dirigindo-se de repente, mais uma vez, a Polina.

— Aqui, nas proximidades, há as ruínas de um castelo, depois se vai ao Schlangenberg.

— O que é esse Schlangenberg? Algum bosque?
— Não, é uma montanha; existe lá uma *pointe*...
— Que *pointe* é essa?
— O ponto mais alto da montanha, um lugar cercado. A vista de lá é incomparável.
— Mas, carregar a cadeira para o alto de uma montanha? Carregariam mesmo?
— Oh, pode-se encontrar quem carregue — respondi.
Naquele momento, Fiedóssia, a babá, aproximou-se para cumprimentar a avó, trazendo também os filhos do general.
— Bem, nada de beijocas! Não gosto de beijar crianças: todas as crianças são ranhentas. Bem, como vais por aqui, Fiedóssia?
— Aqui é muito, muito bom, mãezinha Antonida Vassílievna — respondeu Fiedóssia. — E como passou a senhora, mãezinha? Nós aqui nos alarmamos tanto pela senhora.
— Eu sei, tu és uma alma simples. Que é isso, vocês têm sempre visitas? — dirigiu-se mais uma vez a Polina. — Quem é este miudinho, de óculos?
— O Príncipe Nílski, vovó — disse-lhe ao ouvido Polina.
— Então, um russo? E eu pensei que ele não me compreendesse! Talvez não tenha ouvido! *Mister* Astley eu já encontrei. E aqui está outra vez. Bom dia! — disse de repente, dirigindo-se a ele.
Mister Astley inclinou-se em silêncio.
— Vamos, que me diz o senhor de bom? Diga alguma coisa! Traduza isto para ele, Polina.
Polina traduziu.
— Só posso dizer que olho para a senhora com um grande prazer, satisfeito porque está bem de saúde — respondeu *Mister* Astley, sério, mas prontamente. Suas palavras foram traduzidas para a avó, e pareceram agradar-lhe.
— Como os ingleses sempre respondem bem! — observou ela. — Não sei por quê, sempre gostei dos ingleses, não há comparação com os francesinhos! Venha visitar-me —

disse, dirigindo-se novamente a *Mister* Astley. — Vou esforçar-me para não incomodá-lo demais. Traduza isto para ele, e diga ainda que estou aqui embaixo. Aqui embaixo, está ouvindo? Embaixo, embaixo — ficou repetindo para *Mister* Astley, indicando com o dedo o andar inferior.

Mister Astley ficou muito contente com o convite.

A avó examinou Polina da cabeça aos pés, com um olhar atento e satisfeito.

— Eu seria capaz de te amar, Praskóvia — disse de repente. — És uma garota simpática, melhor que eles todos, mas tens um geniozinho — uh! É verdade que eu também tenho gênio; dá meia-volta; não puseste aí uns cabelos postiços?

— Não, vovó, são meus mesmo.

— Isso, não gosto dessa moda tola de agora. És muito bonita. Se eu fosse homem, me apaixonaria por ti. Por que não te casas? Mas já é tempo de ir-me daqui. Tenho vontade de passear, estou enjoada daquele vagão... Bem, o que há? — dirigiu-se ao general — continuas zangado?

— Que é isso, titia, deixe disso! — replicou o general, com alvoroço e contentamento. — Eu compreendo, na sua idade...

— *Cette vieille est tombée en enfance*[48] — murmurou para mim Des Grieux.

— Eu quero ver tudo por aqui. Queres ceder-me Aleksiéi Ivânovitch? — prosseguiu a avó, falando com o general.

— Oh, por quanto tempo quiser, e também eu próprio... e Polina, e *Monsieur* Des Grieux... todos nós consideraremos um prazer acompanhá-la...

— *Mais, madame, cela sera un plaisir*[49] — acudiu Des Grieux, com um sorriso encantador.

— Isso, isso, *plaisir*. Acho-te ridículo, paizinho. Aliás,

---

[48] "Esta velha recaiu na infância". (N do T.)

[49] "Mas, senhora, isto será um prazer". (N. do T.)

não te darei dinheiro — acrescentou de repente para o general. — Bem, agora vou para o quarto: tenho que examiná-lo, e, depois, vamos visitar todos os lugares interessantes. Bem, levantem-me.

A avó foi novamente erguida em sua cadeira, e todos a seguiram em tropel, escada abaixo. O general caminhava como se lhe tivessem dado uma paulada na cabeça. Des Grieux meditava. *Mlle.* Blanche, a princípio, quisera ficar, mas, depois, por algum motivo, resolvera acompanhar os demais. O príncipe seguiu-a imediatamente; em cima, no apartamento do general, ficaram apenas o alemão e *Madame veuve* Cominges.

X

Nas estações de águas — e, ao que parece, em toda a Europa — os gerentes de hotel e os *Oberkellners* orientam-se, na reserva de aposentos, não tanto pelos desejos e exigências dos hóspedes, quanto pela sua própria opinião a respeito destes; e é preciso observar que raramente se enganam. Mas, não se sabe por quê, reservaram para a avó um apartamento cuja suntuosidade passava dos limites: quatro peças magnificamente mobiliadas, com banheiro, dependências para empregados, um quarto especial para a camareira, etc., etc. Com efeito, uma semana antes, certa *grande-duchesse* estivera naqueles aposentos, o que, naturalmente, se anunciava de imediato a todos os novos hóspedes, a fim de valorizar ainda mais o apartamento. Conduziu-se, ou, melhor, rodou-se a avó por todos os quartos, e ela examinou-os atenta e severamente. O *Oberkellner*, homem já de certa idade, calvo, acompanhou-a respeitosamente durante aquele primeiro exame.

Não sei por quem tomaram a avó, mas, segundo parece, por uma pessoa extremamente importante e, sobretudo, rica. Anotaram imediatamente no livro: "*Madame la Générale, Princesse de Tarassiévitcheva*",[50] embora a avó nunca tivesse sido princesa. A criadagem própria, um compartimento especial no vagão, um sem-fim de tralha desnecessária, como baús, malas e até arcas que vieram com a avó, contribuí-

---

[50] "Senhora Generala, Princesa Tarassiévitcheva". (N. do T.)

ram, provavelmente, para aquele prestígio; e a cadeira, o decisivo tom de sua voz, as suas perguntas excêntricas, feitas do modo mais desembaraçado e que não permitiam réplica, em suma, todo o vulto da avó, reto, abrupto, autoritário, completavam os motivos para a reverência geral que provocava. Durante o exame dos aposentos, mandava às vezes parar de repente a cadeira, apontava alguma coisa do mobiliário e dirigia perguntas inesperadas ao *Oberkellner*, que sorria respeitosamente, mas já estava começando a acovardar-se. A avó fazia as suas perguntas em francês, que, diga-se de passagem, falava muito mal, de modo que eu habitualmente as traduzia. As respostas do *Oberkellner*, na maior parte, não a satisfaziam, pareciam-lhe insuficientes. E ela fazia todas aquelas perguntas não como se se tratasse de um caso doméstico, mas sabe Deus de quê. Por exemplo, deteve-se de súbito diante de uma tela, uma cópia bastante fraca de algum quadro famoso de tema mitológico.

— De quem é o retrato?

O *Oberkellner* explicou que era, provavelmente, de alguma condessa.

— Como é que não sabes? Moras aqui e não sabes? Por que ele está aqui? E por que é vesga?

O *Oberkellner* foi incapaz de responder satisfatoriamente a todas essas perguntas e até ficou perturbado.

— Que imbecil! — opinou a avó em russo.

Levaram-na mais adiante. O mesmo episódio se repetiu com uma estatueta da Saxônia, que a avó examinou longamente e, depois, mandou levar embora, sem que se soubesse por quê. Por fim, insistiu com o *Oberkellner*: quanto custaram os tapetes que havia no quarto de dormir e onde foram tecidos? Ele prometeu informar-se.

— Que gente burra! — resmungou a avó, e dirigiu toda a sua atenção para a cama.

— Que baldaquino luxuoso! Desfaçam isto.

Foram desmanchando o leito.

— Mais, mais, desmanchem tudo. Retirem os travesseiros, as fronhas, levantem o colchão de penas. Reviraram tudo. A avó examinava atentamente.
— Ainda bem que não há percevejos. Tirem toda a roupa de cama! Ponham aí a minha e os meus travesseiros. Aliás, tudo isso é luxuoso demais, para que preciso, eu, velha, de um apartamento desses? Sozinha, é cacete. Aleksiéi Ivânovitch, apareça sempre por aqui, depois das aulas às crianças.
— Desde ontem, não estou mais a serviço do general — respondi — e moro no hotel inteiramente por minha conta.
— Mas, por que isso?
— Há dias veio para cá, de Berlim, um alemão ilustre, um barão, acompanhado da baronesa, sua esposa. Ontem, durante o passeio, puxei conversa com ele em alemão, sem me ater à pronúncia berlinense.
— Bem, e então?
— Ele considerou isso um atrevimento e queixou-se ao general, e o general me demitiu ontem mesmo.
— Mas tu, acaso, xingaste esse barão? (Ainda que o tivesses xingado, não haveria mal nisso!)
— Oh, não! Pelo contrário, o barão é que levantou a bengala contra mim.
— E tu, babão, tu deixaste que se tratasse assim um preceptor a teu serviço — disse ela, dirigindo-se de repente ao general — e ainda o demitiste do emprego! Vocês são uns paspalhões, todos uns paspalhões, estou vendo.
— Não se preocupe, titia — respondeu o general, num tom algo familiar e altivo. — Eu mesmo sei tratar dos meus negócios. Além disso, Aleksiéi Ivânovitch não lhe transmitiu bem exatamente o sucedido.
— E tu toleraste a ofensa? — perguntou ela, dirigindo-se a mim.
— Quis desafiar o barão para um duelo — respondi com o tom mais tranquilo e modesto — mas o general se opôs.
— Mas, por que te opuseste? — a avó dirigiu-se nova-

mente ao general. — E tu, paizinho, vai embora e volta quando alguém te chamar — disse ao *Oberkellner*. — Não precisas ficar aí de boca aberta. Detesto essa carantonha de Nurenberg! — O outro se inclinou numa saudação e saiu, naturalmente sem compreender o elogio da avó.

— Mas diga-me uma coisa, titia, os duelos são possíveis? — respondeu sorrindo o general.

— E por que seriam impossíveis? Todos os homens são galos; deveriam brigar, portanto. Estou vendo que vocês são todos uns paspalhões mesmo, não sabem honrar a pátria. Bem, levantem-me! Potápitch, providencia para que haja sempre dois carregadores à minha disposição. Combina o preço e contrata-os. Dois bastam. É preciso carregar somente na escada, mas no plano, na rua, basta empurrar, explica-lhes assim mesmo; e paga-lhes adiantado, será mais distinto. Tu próprio fica sempre perto de mim, e tu, Aleksiéi Ivânovitch, mostra-me esse barão no passeio: quero, ao menos, ver como será esse *von-baron*. Bem, onde fica essa roleta?

Expliquei-lhe que as roletas estavam instaladas nas salas do cassino. Seguiram-se novas perguntas: eram numerosas? Jogava-se muito? O dia inteiro? Como eram organizadas? Acabei respondendo que o melhor seria ver com os próprios olhos, e que descrever aquilo era bastante difícil.

— Bem, nesse caso, levem-me diretamente para lá! Caminha na frente, Aleksiéi Ivânovitch!

— Como, titia, será possível que nem vai descansar da viagem? — perguntou o general, preocupado. Parecia um tanto agitado, e, de certo modo, todos começaram a movimentar-se, entreolhando-se. Provavelmente, sentiam-se um tanto constrangidos, e mesmo envergonhados, de acompanhar a avó até o cassino, onde ela, naturalmente, podia praticar algumas excentricidades, mas desta vez em público; no entanto, propuseram-se todos a acompanhá-la.

— Descansar para quê? Não estou cansada; passei cinco dias sentada. Depois, veremos que fontes e águas de cura

existem por aí, e onde ficam. E depois... como é que se diz? Tu disseste, Praskóvia... *pointe*, não é verdade?
— *Pointe*, vovó.
— Bem, uma *pointe*, que seja. E o que mais existe por aqui?
— Há muita coisa, vovó. — Polina via-se em apuros.
— Ora, tu mesma não sabes! Marfa, irás também comigo — disse a avó à camareira.
— E para que precisa ela ir também, titia? — preocupou-se, de repente, o general. — Além disso, não se pode; duvido até que deixem entrar o Potápitch no próprio cassino.
— Ora, que absurdo! Se ela é uma criada, então deve-se abandoná-la?! Também é gente; faz uma semana que nos abalamos por essas estradas, e ela também tem vontade de ver. E com quem iria, senão comigo? Sozinha, não se atreve a pôr o nariz fora de casa.
— Mas, vovó...
— Tens vergonha de aparecer ao meu lado, não? Pois fica em casa, ninguém te pede para ir. Isto é que é general; também eu fui casada com um general. E, realmente, para que irão vocês todos nos meus calcanhares, formando uma cauda comprida? Mesmo que vá só com Aleksiéi Ivânovitch, vou ver tudo...

Mas Des Grieux insistiu categoricamente em que todos a acompanhassem, e pôs-se a desfiar as frases mais amáveis, no sentido de que era um prazer acompanhá-la, etc. O grupo todo se deslocou.

— *Elle est tombée en enfance* — repetia Des Grieux para o general — *seule elle fera des bêtises*...[51]

Não consegui ouvir mais; ele, porém, tinha, evidentemente, certas intenções e talvez até lhe renascesse a esperança.

Dali até o cassino era cerca de meia versta. O nosso tra-

---

[51] "Retornou à infância; sozinha, vai fazer asneiras". (N. do T.)

jeto era feito pela alameda de castanheiros até a praça, e, contornando-se esta, entrava-se diretamente no cassino. O general acalmou-se um pouco, porque o nosso préstito, embora bastante excêntrico, tinha um aspecto digno e decente. E não havia nada de surpreendente no fato de ter aparecido na estação de águas uma pessoa doente e debilitada, e que não podia andar. Mas o general temia provavelmente o cassino: por que uma pessoa doente, paralítica, e, além disso, já velha, precisava ir à roleta? Polina e *Mlle.* Blanche caminhavam cada uma de um lado da cadeira de rodas. *Mlle.* Blanche ria, mostrava-se discretamente alegre, e até, de quando em quando, muito amável e faceira com a avó, de modo que esta, por fim, a elogiou. Polina, do outro lado, era obrigada a responder a inumeráveis e incessantes perguntas da avó, mais ou menos assim: "Quem foi este que passou? E aquela, de carruagem? É grande a cidade? E o parque? Que árvores são essas? Como se chamam aquelas montanhas? Existem águias por aqui? Que telhado engraçado, aquele!". *Mister* Astley caminhava a meu lado e segredou-me ao ouvido que esperava muitos acontecimentos naquela manhã. Potápitch e Marfa iam logo atrás da cadeira: ele, de fraque e gravata branca, mas de boné; ela — mulher solteira e quarentona, corada, mas começando já a tornar-se grisalha, de touca, vestido de chita e sapatos rangentes de couro de cabra. A avó, com muita frequência, voltava-se na direção deles e punha-se a conversar com ambos. Des Grieux e o general ficaram um pouco para trás e conversavam com animação. O general estava muito triste; Des Grieux falava com ar decidido. É possível que estivesse animando o general; parecia aconselhar algo. Mas a avó já havia proferido a frase fatal: "Não te darei dinheiro". Para Des Grieux, esta notícia talvez parecesse inverossímil, mas o general conhecia muito bem a tia. Percebi que Des Grieux e *Mlle.* Blanche continuavam a trocar piscadelas. Pude notar o príncipe e o viajante alemão bem no fim da alameda: ficaram para trás e acabaram afastando-se de nós.

Nossa chegada ao cassino foi triunfal. O porteiro e os criados deram mostras da mesma deferência dos servidores do hotel. Todavia, olhavam-nos com curiosidade. A princípio, a avó mandou que a transportassem através de todas as salas; elogiando isto, indiferente àquilo, informou-se de tudo. Finalmente, chegamos às salas de jogo. Atônito, o criado que estava de sentinela, junto à porta cerrada, abriu-a de repente de par em par.

O aparecimento da avó junto à roleta produziu uma profunda impressão no público. Junto às mesas de roleta e na extremidade oposta da sala, onde funcionava o *trente et quarante*, aglomeravam-se talvez cento e cinquenta ou duzentos jogadores, em algumas fileiras. Aqueles que conseguiam abrir caminho até a mesa, em geral mantinham-se firmes no lugar e não o cediam até perder todo o seu dinheiro; porque não é permitido permanecer ali como simples espectador e ocupar de graça um lugar de jogo. Embora haja cadeiras ao redor da mesa, poucos jogadores se sentam, sobretudo quando há grande aglomeração de gente, pois, em pé, as pessoas podem apertar-se mais, ganhando assim espaço, e, além disso, podendo fazer as apostas mais facilmente. A segunda e terceira fileiras acotovelavam-se atrás da primeira, esperando a sua vez e observando; mas, com a impaciência, alguns estendiam às vezes a mão, através da primeira fileira, para fazer seus lances. Outros, mesmo da terceira fileira, acabavam conseguindo deste modo, com muita habilidade, empurrar para a frente as suas apostas; em consequência disso, não se passavam dez, e até mesmo cinco minutos, sem que, em alguma ponta de mesa, tivesse início uma "história" por causa de apostas em discussão. Aliás, a polícia do cassino é bastante eficiente. Não se pode evitar o aperto, é claro; pelo contrário, o afluxo de gente, sendo vantajoso, é sempre bem-vindo; há, no entanto, oito crupiês, sentados em volta da mesa, que vigiam com muita atenção as apostas; eles mesmos fazem as contas com os jogadores e, surgindo discussões, resolvem-nas.

Nos casos extremos, chamam a polícia, e tudo termina num instante. Os policiais permanecem na própria sala, em trajes civis, no meio dos espectadores, de modo que não se pode reconhecê-los. Observam com particular atenção os larapiozinhos e vigaristas, que são bastante numerosos junto às roletas devido à extraordinária facilidade do seu mister. Com efeito, nos demais lugares, é preciso profundar bolsos ou forçar fechaduras para roubar, e, em caso de insucesso, isto acarreta graves contrariedades. Mas, aqui, basta chegar à roleta, começar a jogar e, de repente, clara e abertamente, apanhar o ganho alheio e colocá-lo no seu próprio bolso; se, porém, se inicia uma discussão, o trapaceiro insiste em voz alta que a aposta era dele mesmo. Se o trabalho foi feito com habilidade e as testemunhas vacilam, o ladrão muitas vezes chega a ficar com o dinheiro, isso, naturalmente, no caso de não ser muito grande a quantia. Sendo elevada a soma, o jogo é certamente observado antes pelos crupiês ou por algum dos demais jogadores. Mas, no caso de quantias menos consideráveis, o verdadeiro dono, às vezes, chega simplesmente a desistir de continuar a discussão, a fim de evitar escândalo, e afasta-se da mesa. Mas se conseguem apanhar o ladrão em flagrante, levam-no para fora com escândalo.

    A avó olhava para tudo aquilo de longe, com ávida curiosidade. Agradou-lhe muito o fato de que os larapiozinhos fossem postos para fora. O *trente et quarante* despertou-lhe pouco a curiosidade; agradou-lhe mais a roleta com a bolinha que girava. Em seguida, quis ver o jogo mais de perto. Não compreendo como a coisa se deu, mas criados e alguns outros agentes que se afanavam por ali (na maior parte, polaquinhos que haviam perdido tudo e que importunavam jogadores afortunados e os estrangeiros em geral, oferecendo-lhes os seus serviços) no mesmo instante encontraram e abriram lugar para a avó, apesar de todo aquele aperto, no próprio centro da mesa, ao lado do crupiê principal, e empurraram até lá a sua cadeira. Muitos visitantes, que se contentavam em observar o jogo (sobretudo ingleses, com as respectivas famílias), logo abriram caminho, para perto da mesa, a fim de espreitar a avó por trás dos jogadores. Inúmeros lornhões foram assestados em sua direção. Os crupiês criaram novas esperanças: um jogador tão excêntrico parecia realmente prometer algo extraordinário. Uma setuagenária paralítica, que desejava participar do jogo, era, naturalmente, um caso fora do comum. Abri caminho também para junto da mesa e acomodei-me perto da avó. Potápitch e Marfa permaneceram a distância, perdidos na multidão. O general, Polina, Des Grieux e *Mlle.* Blanche ficaram também afastados, entre os espectadores.

A avó começou por examinar os que jogavam. Fazia-me perguntas abruptas, ríspidas, a meia-voz. Quem era aquele? E aquela? Agradou-lhe especialmente um homem bem moço, na extremidade da mesa, que fazia jogo muito graúdo, apostando milhares, e que — murmurava-se em redor — já ganhara uns quarenta mil francos, amontoados diante dele em moedas de ouro e papel-moeda. Estava pálido; faiscavam-lhe os olhos e tremiam-lhe as mãos; apostava agora sem contar, aos punhados, e, no entanto, não cessava de ganhar e de arrebanhar dinheiro. Os criados apressuravam-se em torno dele, colocaram junto uma poltrona, abriram espaço à sua volta para que se sentisse mais em liberdade e ninguém o empurrasse — tudo isso na expectativa de generosa propina. De alegria, alguns jogadores dão-lhes às vezes gorjetas sem contar, igualmente aos punhados. Junto ao jovem, já se instalara um polaquinho, que se agitava com todas as suas forças e lhe murmurava algo, respeitosa, mas incessantemente, dando-lhe, é provável, conselhos sobre o modo de fazer as apostas e orientando o seu jogo, esperando também, naturalmente, uma gratificação. Mas o jogador quase não olhava para ele, fazia apostas ao acaso e continuava a rebanhar tudo. Estava perdendo, evidentemente, o controle.

A avó observou-o por alguns minutos.

— Diga-lhe — apressou-se a falar de repente, dando-me

um empurrão — diga-lhe que deixe o jogo, leve o quanto antes o dinheiro e vá embora. Vai perder, logo vai perder tudo! — preocupou-se, quase sufocada de emoção. — Onde está Potápitch? Manda Potápitch falar com ele! Mas diga-me, diga-me — e me empurrava — onde está realmente Potápitch? *Sortez, sortez!*[52] — pôs-se ela a gritar para o jovem. Inclinei-me para ela e murmurei-lhe, em tom peremptório, que ali não era permitido gritar, ou mesmo conversar um pouco mais alto que o normal, porque isso dificultava os cálculos, e nós seríamos expulsos naquele instante.

— Que tristeza! O homem está perdido! Quer dizer que ele mesmo quer... não posso olhar para ele, sinto-me revirar toda por dentro. Que imbecil! — e ela voltou o rosto o quanto antes noutra direção.

Ali, à esquerda, na outra metade da mesa, entre os jogadores, via-se uma jovem senhora e, ao lado, não sei que anão. Não sei se era um parente seu ou se ela o levava consigo simplesmente para chamar a atenção. Eu também já notara antes aquela dama; aparecia todos os dias à uma da tarde junto à mesa de jogo e ia embora às duas em ponto; jogava diariamente durante uma hora exata! Todos a conheciam já e imediatamente lhe ofereciam uma poltrona. Ela tirava do bolso um pouco de ouro, algumas notas de mil francos, e começava a apostar tranquilamente, com sangue-frio, com cálculo, anotando, a lápis, números num papelzinho e procurando descobrir o sistema pelo qual as probabilidades se agrupavam, num dado momento. Fazia apostas consideráveis. Ganhava todos os dias mil, dois, três mil francos, não mais, e, tendo ganho aquilo, imediatamente se retirava. A avó passou muito tempo examinando-a.

— Bem, esta não vai perder! Realmente, não vai perder! Que espécie de gente é ela? Não sabes?

---

[52] "Saia, saia!". (N. do T.)

— Francesa, deve ser uma dessas... — murmurei.
— Ah, o pássaro se conhece pelo voo. Vê-se que tem garrazinha afiada. Explica-me agora o que significa um giro desses e como se deve apostar.

Expliquei à avó, na medida do possível, o que significavam aquelas numerosas combinações de lances, *rouge et noir, pair et impair, manque et passe*,[53] e, finalmente, as diversas sutilezas do sistema de números. A avó escutava com atenção, guardava de memória, fazia perguntas e decorava. Para cada sistema de lances, podia-se apresentar imediatamente um exemplo, de modo que muita coisa se memorizava com grande facilidade. A avó ficou muito satisfeita.

— E o que significa *zéro*? O crupiê principal, esse de cabelo crespo, gritou agora *zéro*. E por que ele arrebanhou tudo o que estava na mesa? Tomou para si todo aquele montão? O que quer dizer isso?

— Pois bem, vovó, quando sai *zéro*, quem ganha é a banca. Se a bolinha acerta no *zéro*, tudo o que está na mesa passa a pertencer à banca. É verdade que se dá mais um lance, para desempate, mas a banca não paga nada.

— Que coisa! E eu não recebo nada?

— Não, vovó, se a senhora, antes disso, apostou no *zéro*, então, quando ele sair, vão pagar-lhe trinta e cinco vezes mais.

— Como trinta e cinco vezes? E sai com muita frequência? Neste caso, por que eles, imbecis, não fazem essa aposta?

— São trinta e seis probabilidades contra, vovó.

— Que absurdo! Potápitch! Potápitch! Espera, eu também trouxe dinheiro, está aqui! — Apanhou do bolso um porta-níqueis repleto e tirou dele um *friedrichsdor*. — Toma, coloca já no *zéro*.

— Vovó, o *zéro* saiu agora mesmo — disse eu. — Quer

---

[53] "vermelho e negro, par e ímpar, falta e sobra". (N. do T.)

dizer que vai agora passar muito tempo até que saia de novo. A senhora vai perder muito; ao menos, espere um pouco.

— Ora, não é verdade, coloca aí!

— Como queira, mas ele talvez não saia até o anoitecer, e a senhora vai perder até mil vezes, isto já aconteceu aqui.

— Ora, bobagem, bobagem! Quem teme o lobo não vai à floresta. O quê? Perdeu? Coloca mais!

Perdeu-se também o segundo *friedrichsdor*; apostou-se um terceiro. A avó mal conseguia ficar sentada, mergulhando inteiramente os olhos abrasados na bolinha que saltava pelas chanfraduras da roda em movimento. Perdemos também o terceiro. A avó ficava fora de si, não conseguia permanecer no lugar, deu até um soco na mesa, quando o crupiê anunciou *trente-six*, em lugar do esperado *zéro*.

— Que coisa! — irritava-se a avó. — Será que este zerinho amaldiçoado não sai nunca? Não quero mais viver, se não aparecer esse *zéro*! O maldito crupiêzinho de cabelo crespo é que manobra assim, e este lance nunca sai com ele! Aleksiéi Ivânovitch, coloca duas moedas de ouro de uma vez! Acaba-se perdendo tanto que, mesmo saindo o *zéro*, não se ganha nada.

— Vovó!

— Aposta, aposta! Não é teu.

Apostei dois *friedrichsdors*. A bolinha voou por muito tempo sobre a roda, por fim começou a pular sobre as chanfraduras. A avó ficou petrificada, comprimiu-me a mão e, de repente, bumba!

— *Zéro* — anunciou o crupiê.

— Estás vendo, estás vendo! — radiante, ela voltou-se depressa para mim. — Bem que eu te disse, bem que eu te disse! E foi o Senhor, ele mesmo, que me levou a apostar duas moedas de ouro. Bem, quanto vou receber agora? Por que não estão pagando? Potápitch, Marfa, onde estão eles? Para onde foram todos os nossos? Potápitch, Potápitch!

— Vovó, mais tarde — murmurei. — Potápitch está junto à porta, não o deixarão entrar aqui. Veja, vovó, estão-lhe pagando, receba!

Atiraram para a avó um pesado rolo envolto em papel azul contendo cinquenta *friedrichsdors* e contaram-lhe mais vinte, separadamente. Tudo isso eu puxei com uma pazinha para junto da avó.

— *Faites le jeu, messieurs! Faites le jeu, messieurs! Rien ne va plus?*[54] — gritava o crupiê, convidando a apostar e preparando-se para girar a roleta.

— Meu Deus! Ficamos atrasados! Vão fazer girar a roda neste instante! Aposta, aposta! — afanou-se a avó. — E não te atrases, mais depressa — estava ficando fora de si e empurrava-me com toda a força.

— Mas, apostar em quê, vovó?

— No *zéro*, no *zéro*! Mais uma vez, no *zéro*! Aposta o mais que se puder! Quanto temos ao todo? Setenta *friedrichsdors*? Não se deve ter pena de gastá-los, aposta vinte de cada vez.

— Pense um pouco, vovó! Acontece deixar de sair o *zéro* umas duzentas vezes seguidas! Eu lhe asseguro, vai perder todo o capital.

— Ora, é mentira, é mentira! Aposta! Chega de dar com a língua! Sei o que estou fazendo — a avó chegou a ficar toda trêmula de exaltação.

— O regulamento não permite apostar mais de doze *friedrichsdors* no *zéro* de cada vez, vovó. Bem, já fiz a aposta.

— Como, não permite? Não estás mentindo? Mussiê! Mussiê! — pôs-se a empurrar o crupiê sentado bem à esquerda dela e que se preparava para lançar a bola — *Combien zéro? Douze? Douze?*[55]

---

[54] "Façam o jogo, senhores! Façam o jogo, senhores! Ninguém joga mais?". (N. do T.)

[55] "Quanto zero? Doze? Doze?". Em francês bem precário no original. (N. do T.)

Apressei-me a explicar a pergunta, em francês.
— *Oui, madame*[56] — confirmou polidamente o crupiê.
— Além disso, pelo regulamento, cada aposta não pode ultrapassar quatro mil florins — acrescentou, à guisa de explicação.
— Bem, tanto pior, aposta doze.
— *Le jeu est fait!*[57] — gritou o crupiê. A roda girou e saiu treze. Perdemos!
— Mais! Mais! Mais! Aposta mais! — gritava a avó. Deixei de contradizê-la e, dando de ombros, apostei outros doze *friedrichsdors*. A roda ficou girando muito tempo. A avó tremia literalmente, acompanhando-a com os olhos. "Mas, será que ela espera ganhar mais uma vez no zero?" — pensei, observando-a, surpreendido. Brilhava-lhe no rosto a certeza absoluta de ganhar, a espera infalível de que, pouco depois, iam gritar: *zéro*! A bolinha pulou para o quadrado.
— *Zéro!* — gritou o crupiê.
— Então?!!! — voltou-se para mim a avó, com ar frenético de triunfo.
Naquele próprio instante, senti que eu mesmo era um jogador. Tremiam-me as pernas e os braços, o sangue afluiu-me à cabeça. Naturalmente, era um caso raro, aquele de sair o *zéro* três vezes em uns dez lances; mas não havia nisso nada de particularmente assombroso. Eu mesmo testemunhara, na antevéspera, sair o *zéro* três vezes seguidas, e, naquela ocasião, um dos jogadores, que anotava cuidadosamente num papelzinho todas as batidas, observou em voz alta que, ainda na véspera, aquele *zéro* saíra uma única vez em vinte e quatro horas.
Fizeram as contas com a avó, com particular atenção e respeito, como era devido a quem tivera o ganho mais vulto-

---

[56] "Sim, senhora". (N. do T.)

[57] "O jogo está feito!". (N. do T.)

so. Recebeu precisamente quatrocentos e vinte *friedrichsdors*, isto é, quatro mil florins e vinte *friedrichsdors*. Estes últimos lhe foram pagos em ouro, e os quatro mil, em papel-moeda.

Mas, desta vez, a avó não chamava mais por Potápitch; não era isso que a ocupava. E até nem dava mais empurrões nem tremia externamente. Tremia por dentro, se se pode dizer assim. Concentrara-se toda em algo; na verdade, estava fazendo pontaria.

— Aleksiéi Ivânovitch! Ele disse que, de cada vez, se pode apostar somente quatro mil florins? Aí está, toma, coloca todos estes quatro mil no vermelho — decidiu a avó.

Era inútil procurar demovê-la. A roda girou.

— *Rouge!* — proclamou o crupiê.

Novo ganho de quatro mil florins; eram, portanto, oito mil ao todo.

— Passa-me quatro mil e coloca os outros quatro mil novamente no vermelho — comandou a avó.

Apostei novamente quatro mil.

— *Rouge!* — proclamou de novo o crupiê.

— Ao todo, doze mil! Passa tudo para cá. Despeja o ouro aqui, no porta-níqueis, e esconde as notas. Chega! Para casa! Empurrem a cadeira!

Um jogador

XI

Empurrou-se a cadeira até a porta, na outra extremidade da sala. A avó estava radiante. Todos os nossos se apertaram imediatamente em volta dela, felicitando-a. Por mais excêntrico que fosse o comportamento da avó, o seu triunfo desculpava muita coisa, e o general agora não sentia medo de se comprometer em público, pelas suas relações de parentesco com uma mulher tão estranha. Felicitou-a com um sorriso condescendente em que havia familiaridade e alegria, como alguém que procura divertir uma criança. Aliás, parecia surpreso, como todos os espectadores. Em volta, conversava-se, apontando a avó. Muitos passavam por ela, a fim de examiná-la mais de perto. *Mister* Astley explicava alguma coisa sobre ela, à parte, a dois ingleses seus conhecidos. Algumas senhoras imponentes, que faziam parte da assistência, examinavam-na com uma perplexidade não menos imponente, como se ela fosse algo milagroso. Des Grieux desmanchava-se inteiramente em felicitações e sorrisos.

— *Quelle victoire!*[58] — dizia.

— *Mais, madame, c'était du feu!*[59] — acrescentou *Mlle.* Blanche, com um sorriso provocante.

— Pois é, peguei e ganhei doze mil florins, não? Aliás, não são apenas doze. E o ouro? Com o ouro, dá quase tre-

---

[58] "Que vitória!". (N. do T.)
[59] "Mas, senhora, foi uma fogueira!". (N. do T.)

ze. Quanto isso significa em nossa moeda? Não dará uns seis mil?

Comuniquei-lhe que passara dos sete e que, pelo câmbio do dia, talvez chegasse mesmo aos oito.

— Oito mil, não é brincadeira! E vocês ficam aí, seus estafermos, e não fazem nada! Potápitch, Marfa, vocês viram?

— Mãezinha, como foi que a senhora conseguiu? Oito mil rublos! — exclamava retorcendo-se Marfa.

— Tomem, aqui têm cinco moedas de ouro para cada um, aqui está!

Potápitch e Marfa lançaram-se a beijar-lhe as mãos.

— E que deem também um *friedrichsdor* a cada um dos carregadores. Dá-lhes um de ouro, Aleksiéi Ivânovitch. Por que este criado está-se inclinando, e o outro também? Estão-me felicitando? Dê também um *friedrichsdor* a cada.

— Madame la princesse... un pauvre expatrié... malheur continuel... les princes russes sont si généreux...[60] — junto à cadeira movimentava-se um personagem de redingote puído e colete de cor viva, que usava bigode e segurava o boné afastado de si, com um sorriso subserviente.

— Dá-lhe também um *friedrichsdor*. Não, dá dois; bem, chega, senão não acabam mais. Levantem-me, levem-me daqui! Praskóvia — dirigiu-se ela a Polina Aleksândrovna —, amanhã vou comprar-te um corte de vestido, também vou comprar um para essa *mademoiselle*... como se chama ela? *Mademoiselle* Blanche, não é verdade? Vou comprar um para ela também. Traduza para ela, Praskóvia!

— Merci, madame — Mlle. Blanche fez uma pequena reverência comovida, torcendo ao mesmo tempo a boca num sorriso zombeteiro, que trocou com Des Grieux e o general. Este ficou um tanto vexado, e estava muito contente quando chegamos à alameda.

---

[60] "Senhora princesa... um pobre expatriado... contínuas desventuras... os príncipes russos são tão generosos...". (N. do T.)

— A Fiedóssia, aquela Fiedóssia, penso eu, vai ficar muito admirada agora — disse a avó, lembrando-se da babá a serviço do general. — Tenho que presenteá-la também com um corte de vestido. Eh, Aleksiéi Ivânovitch, Aleksiéi Ivânovitch, dá uma esmola a este mendigo!

Perto passava um pé-rapado qualquer, todo curvo, olhando para nós.

— Talvez não seja um mendigo, mas simplesmente algum vagabundo, vovó.

— Dá! Dá! Dá-lhe um florim!

Aproximei-me dele e entreguei-lhe a moeda. Olhou-me com extrema perplexidade, mas aceitou o florim sem uma palavra. Cheirava a bebida.

— E tu, Aleksiéi Ivânovitch, ainda não tentaste a sorte?

— Não, vovó.

— Mas bem que tinhas os olhos acesos; eu vi.

— Ainda vou tentar, vovó; sem falta, porém mais tarde.

— E coloca sem vacilar no *zéro*! Aí vais ver uma coisa! A quanto monta o teu capital?

— Apenas vinte *friedrichsdors*, vovó.

— É pouco. Se queres, vou emprestar-te cinquenta. Apanha este rolo mesmo; e tu, paizinho, apesar de tudo, não esperes, não te darei nada! — disse, dirigindo-se de repente ao general.

Foi como se o virassem do avesso; mas não disse palavra. Des Grieux franziu o cenho.

— *Que diable, c'est une terrible vieille!*[61] — murmurou entre dentes para o general.

— Um mendigo, um mendigo, mais um mendigo! — gritou a avó. — Aleksiéi Ivânovitch, dá um florim a este também.

Desta vez, era um homem idoso, de cabeça branca, com

---

[61] "Que diabo, é uma velha terrível!". (N. do T.)

perna de madeira, usando um redingote azul comprido e segurando uma longa bengala. Parecia um velho soldado. Mas, quando lhe estendi um florim, deu um passo atrás e examinou-me com ar severo.

— *Was ist's, der Teufel!*[62] — gritou, acrescentando ainda uns dez impropérios.

— Ora, um imbecil! — gritou a avó, sacudindo a mão.

— A caminho! Estou com fome! Vamos logo almoçar; em seguida, ficarei um pouco na cama, e, depois, voltarei ao cassino.

— A senhora quer jogar novamente, vovó? — gritei.

— E o que estás pensando? Se ficam aí parados, criando mofo, devo também ficar assim, olhando para vocês?

— *Mais, madame* — acercou-se Des Grieux — *les chances peuvent tourner, une seule mauvaise chance et vous perdrez tout... surtout avec votre jeu... c'était terrible!*[63]

— *Vous perdrez absolument!*[64] — gorjeou Mlle. Blanche.

— Mas, o que têm vocês todos com isso? Não será dinheiro de vocês que eu vou perder, é meu! E onde está esse *Mister Astley?* — perguntou-me.

— Ficou no cassino, vovó.

— Pena; esse sim é uma boa pessoa.

Chegando ao hotel, a avó encontrou na escada o *Oberkellner*, chamou-o e vangloriou-se do seu ganho; em seguida, chamou Fiedóssia, presenteou-a com três *friedrichsdors* e mandou servir o jantar. Fiedóssia e Marfa desmanchavam-se literalmente em atenções.

— Fico olhando para a senhora, mãezinha — tagarelava Marfa —, e digo para o Potápitch: o que será que a nossa mãezinha quer fazer? E, sobre a mesa, havia tanto dinheiro,

---

[62] "Que diabo é isto!", em alemão. (N. do T.)

[63] "Mas, senhora, a sorte pode mudar, um só lance infeliz e perderá tudo... sobretudo com o seu jogo... era terrível!". (N. do T.)

[64] "A senhora perderá, certamente". (N. do T.)

mas tanto, Pai do Céu! Nunca vi tanto, em toda a minha vida. Em volta, senhores sentados, sim, apenas senhores se sentam ali. E de onde, Potápitch, disse eu, vêm todos estes senhores? Pensei: que a própria Mãe de Deus a ajude. Rezo pela senhora, mãezinha, e o meu coração fraquejando, fraquejando, e eu trêmula, toda trêmula. Que o Senhor a ajude, pensei, e nisso o Senhor lhe mandou o ganho. Até agora, mãezinha, ainda estou toda trêmula, muito trêmula.

— Aleksiéi Ivânovitch, depois do almoço, aí pelas quatro horas, prepara-te para voltarmos lá. E agora, por enquanto, até logo, e não te esqueças de me mandar algum doutorzinho, preciso também beber daquelas águas. Tu serias capaz de esquecer.

Eu parecia inebriado, ao sair do apartamento da avó. Esforçava-me em imaginar o que seria de toda a nossa gente e que rumo tomariam os acontecimentos. Via claramente que eles (e sobretudo o general) ainda não tiveram tempo de voltar a si, inclusive da primeira impressão. O aparecimento da avó, em lugar do telegrama anunciando-lhe a morte (e, por conseguinte, a herança), esperado a cada momento, esfacelara a tal ponto o sistema dos projetos e decisões por eles tomados, que era com perplexidade completa e verdadeiro estupor que encaravam os ulteriores feitos da avó na roleta. Entretanto, este segundo fato era quase mais importante que o primeiro, pois, embora a avó tivesse repetido duas vezes que não daria dinheiro ao general, apesar de tudo — quem sabe? — não se devia ainda perder a esperança. Bem que não a perdia Des Grieux, implicado em todos os negócios do general. Estou certo de que *Mlle.* Blanche, bastante implicada neles também (pudera: ser generala e receber uma herança vultosa!), não a perderia igualmente, e usaria, para com a avó, de todas as seduções do seu coquetismo, em contraste com Polina, orgulhosa, inflexível, incapaz de se aproximar das pessoas pelo carinho. Mas agora, agora que a avó realizara tais feitos na roleta, agora que a personalidade da avó se manifestara diante deles de modo tão claro e típico (uma velha obstinada, autoritária, *et tombée en enfance*), agora talvez tudo estivesse perdido: pois, como uma criança, ela estava contente de ter atingido o limite e, segundo o costume, ia levar a breca. Meu Deus! — pensei (e que o Senhor me perdoe, fiz isto com riso bem maligno) — meu Deus, cada *friedrichsdor* que a avó apostara pouco antes traspassava de dor o coração do general, enfurecia Des Grieux e deixava *Mlle*. de Cominges fora de si, sentindo que lhe arrancavam da boca o petisco. E eis mais um fato: mesmo na hora do ganho, da alegria, quando distribuía dinheiro a todo mundo e tomava cada transeunte por um mendigo, mesmo naquele momento a avó não conseguia deixar de dizer ao general: "E, apesar de tudo, não te darei nada!". Isso significava que ela se fixara nessa ideia, firmara-se nela, comprometera-se consigo mesma nesse sentido; era perigoso! perigoso!

Todas essas considerações me afloravam ao espírito, enquanto eu subia pela escadaria de gala, indo do apartamento da avó para o meu cubículo no último andar. Tudo isso me preocupava ao extremo; embora, é claro, mesmo anteriormente, pudesse adivinhar os fios principais, os mais grossos, que ligavam diante de mim os atores, apesar de tudo eu não conhecia de modo cabal todos os recursos e segredos desse jogo. Polina jamais me dispensara absoluta confiança. Às vezes acontecia-lhe abrir-me, como que a contragosto, o coração, mas eu notei que muito amiúde, e mesmo quase sempre, ela, depois dessas confissões, ora passava a rir do que me revelara, ora embaralhava tudo e lhe dava, intencionalmente, uma aparência falsa. Oh, ela dissimulava muita coisa! Em todo caso, eu pressentia que se aproximava o desfecho de toda essa situação tensa e misteriosa. Mais um arranco, e tudo estaria terminado e esclarecido. Quase não me preocupava com o meu próprio destino, embora também estivesse interessado em tudo aquilo. Era estranho o meu estado de ânimo: no bolso, dispunha apenas de vinte *friedrichs-*

dors; encontrava-me longe da pátria, sem um emprego e sem meios de subsistência, sem uma esperança, sem possibilidades e... não me preocupava com isso! Não fosse a lembrança de Polina, e eu simplesmente me entregaria ao interesse cômico pelo desfecho iminente, e daria gargalhadas a mais não poder. Mas Polina deixava-me perturbado; decidia-se o destino dela, isto eu pressentia, mas, juro, não era a sua sorte que me inquietava. Eu tinha vontade de penetrar os seus segredos; gostaria de que ela me procurasse e dissesse: "Bem que eu te amo"; do contrário, se esta loucura é inconcebível, então... bem, o que desejar? Sei acaso o que desejo? Eu mesmo estou como que desgarrado; seria suficiente permanecer sempre perto dela, na sua auréola, na sua luminosidade, para sempre, para toda a vida. Não sei mais nada! E poderei eu deixá-la?

No terceiro andar, no corredor deles, tive a sensação de um choque. Voltei-me e, a uns vinte passos ou mais, vi Polina, que saía do apartamento. Parecia espreitar-me e logo fez sinal para que me aproximasse.

— Polina Aleksândrovna...

— Mais baixo! — preveniu-me.

— Imagine — murmurei — ainda agora tive a sensação de um golpe aqui do lado; olho para trás e vejo você! É como se você desprendesse eletricidade!

— Tome esta carta — disse Polina com ar preocupado e sombrio, certamente sem ouvir o que eu lhe dissera — e transmita-a, sem perder tempo, a *Mister* Astley pessoalmente. O quanto antes, peço-lhe. Não é preciso resposta. Ele mesmo...

Não concluiu a frase.

— A *Mister* Astley? — repeti surpreendido.

Mas Polina já desaparecera atrás da porta.

"Ah, quer dizer que eles mantêm correspondência!" Naturalmente, pus-me, no mesmo instante, à procura de *Mister* Astley; em primeiro lugar, fui ao seu hotel, onde não o encontrei, depois ao cassino, correndo todos os salões; por fim, contrariado, quase em desespero, quando regressava já, encontrei-o casualmente, a cavalo, entre um grupo de não sei que ingleses e inglesas. Chamei-o com um gesto e entreguei-lhe a carta. Não tivemos tempo de trocar sequer um olhar. Mas eu suspeito que *Mister* Astley tenha feito, intencionalmente, correr o cavalo.

Torturava-me acaso o ciúme? O fato é que eu me encontrava completamente abatido. Não queria sequer informar-me sobre o assunto da correspondência entre eles. Então ele era o seu confidente! "Que são amigos — pensava eu — não há dúvida (e quando tivera ele tempo de passar a essa condição?), mas há nisso amor?" "Naturalmente não" — murmurava-me a razão. Mas, nesses casos, a razão não é suficiente. Mesmo assim, eu tinha que esclarecer isso também. O caso assumia um caráter desagradavelmente complicado.

Mal tive tempo de entrar no hotel, quando o porteiro e o *Oberkellner*, o qual saía do seu quarto, me comunicaram que nossa gente estava à minha procura — tendo já mandado por três vezes saber onde eu me encontrava — e pediam-me que fosse o quanto antes ao apartamento do general. Eu estava muito mal-humorado. Além do general, encontrei, no seu gabinete, Des Grieux e *Mlle*. Blanche, sem a mãe. Esta era, sem dúvida, uma pessoa sobressalente, que se usava apenas para melhor apresentação; quando se tratava de *negócio* de verdade, *Mlle*. Blanche agia sozinha. E é pouco provável que a outra soubesse algo sobre os negócios de sua pretensa filha.

Os três conferenciavam com animação, e a porta do gabinete estava até fechada à chave, o que jamais acontecera. Aproximando-me, distingui o ruído de altas vozes: a fala atrevida e sarcástica de Des Grieux, os gritos insolentes e possessos de *Mlle*. Blanche e a voz lastimosa do general, que, certamente, se defendia por algum motivo. À minha entrada, todos pareceram controlar-se e melhorar a postura. Des Grieux ajeitou o cabelo, e seu rosto, passando de zangado a sorridente, adquiriu aquele sorriso mau, oficialmente respeitoso, o sorriso francês, que eu tanto odeio. O general, acabrunhado e completamente confuso, endireitou o corpo, mas de certo modo maquinal. Somente *Mlle*. Blanche quase não modificou a expressão do rosto, faiscante de furor, e apenas se calou, fixando em mim o olhar, numa espera impaciente. Devo observar que, até então, ela me tratara com incrível displicência, não respondendo sequer às minhas saudações; simplesmente, ignorava-me.

— Aleksiéi Ivânovitch — começou o general, num tom de afetuosa censura —, permita-me dizer-lhe que eu considero estranho, muito estranho... numa palavra, o seu comportamento em relação a mim e à minha família... numa palavra, é em alto grau estranho...

— *Eh! ce n'est pas ça* — interrompeu-o Des Grieux, com desdenhosa irritação. (Decididamente, ele manobrava tudo!)

— *Mon cher monsieur, notre cher général se trompe*,[65] assumindo esse tom (estou traduzindo o restante do seu discurso para o russo), mas ele queria dizer-lhe... isto é, preveni-lo, ou, melhor, pedir-lhe do modo mais convincente que o senhor não o destrua, sim, não o destrua! Estou empregando precisamente esta expressão...

— Mas, como, como? — interrompi-o.

— Permita que lhe diga, o senhor se encarrega do papel de orientador (ou como dizê-lo?) dessa velha, *cette pauvre terrible vieille*[66] — o próprio Des Grieux se confundia — mas ela, realmente, vai perder; ficará sem nada! O senhor mesmo viu, foi testemunha de como ela joga! Se começar a perder, não se afastará mais da mesa, por obstinação e raiva, e jogará, jogará continuamente; nesses casos, nunca se consegue recuperar o perdido, e então... então...

---

[65] "Eh! Não é isso... Meu caro senhor, o nosso prezado general se engana...". (N. do T.)

[66] "esta pobre e terrível velha". (N. do T.)

— E então — acudiu o general — então, o senhor causará a perda de toda a família! Eu e a minha família somos os herdeiros, ela não tem parentes mais próximos. Vou dizer-lhe francamente: os meus negócios vão mal, muito mal. O senhor mesmo sabe, em parte... Se ela perder uma soma considerável ou mesmo, talvez, toda a sua fortuna (oh, meu Deus!), o que será então deles, dos meus filhos?! — o general lançou um olhar a Des Grieux — e de mim! — Olhou para *Mlle*. Blanche, que virou o rosto com desdém. — Salve-nos, salve-nos, Aleksiéi Ivânovitch!

— Mas de que modo, general, diga-me, de que modo posso eu... Que importância tenho nisso?

— Recuse-se, recuse-se, abandone-a!...

— Nesse caso, aparecerá um outro! — exclamei.

— *Ce n'est pas ça, ce n'est pas ça* — interrompeu-o mais uma vez Des Grieux — *que diable!*[67] Não, não a abandone, mas, pelo menos, convença-a, faça-lhe ver a razão, distraia-a do jogo... Bem, enfim, não deixe que ela perca demais, distraia-a de algum modo.

— Mas, como fazer isto? E se o senhor mesmo se encarregasse disso, *Monsieur* Des Grieux? — acrescentei com a maior ingenuidade.

Nesse momento, percebi um olhar rápido, inflamado, interrogador, de *Mlle*. Blanche a Des Grieux. No rosto do próprio Des Grieux apareceu algo peculiar, sincero, que ele não pôde evitar.

— O caso está em que ela não me aceitaria agora! — exclamou, com um gesto da mão. — Se... mais tarde...

Des Grieux dirigiu a *Mlle*. Blanche um olhar rápido e significativo.

— *Oh, mon cher monsieur Alexis, soyez si bon*[68] — e

---

[67] "Não é isso, não é isso... que diabo!". (N. do T.)
[68] "Oh, seja bonzinho, meu caro senhor Aleksiéi!". (N. do T.)

Mlle. Blanche, *ela própria*, deu um passo na minha direção, com um sorriso encantador, agarrou-me as mãos e apertou-as com força.

Diacho, aquele demoníaco semblante sabia transformar-se, num segundo! Nesse momento, o seu rosto tornou-se tão súplice, tão simpático, sorria de modo tão pueril e tinha até uma expressão brincalhona! Ao terminar a frase, ela me piscou o olho, com jeito maroto e sem que os outros vissem. Pretenderia seduzir-me de vez? Não se saiu mal; no entanto, aquilo era horrivelmente grosseiro.

O general desembestou (é a expressão mais adequada) atrás dela:

— Desculpe, Aleksiéi Ivânovitch, se eu, ainda há pouco, comecei daquele modo; não era nada aquilo que eu queria dizer... Peço-lhe, imploro-lhe, curvo-me diante do senhor, à moda russa. É a única pessoa, a única realmente, que nos pode salvar! Eu e *Mademoiselle* de Cominges imploramos-lhe. O senhor compreende, não é verdade que compreende? — suplicava, indicando-me com os olhos *Mlle.* Blanche. Era realmente digno de lástima.

Naquele instante, soaram três pancadas discretas e respeitosas na porta; abriram: era o criado do pavimento, e, alguns passos atrás dele, estava Potápitch. Vinham a mando da avó, com ordem de me procurar e levar-me imediatamente à sua presença.

— Estão zangadas[69] — comunicou Potápitch.

— Mas são apenas três e meia!

— Nem puderam adormecer, ficaram-se revirando na cama, depois levantaram-se de repente, pediram a cadeira e mandaram chamar o senhor. Estão agora na entrada do hotel...

---

[69] No linguajar do povo, constituía forma de respeito referir-se a alguém na terceira pessoa do plural. (N. do T.)

— *Quelle mégère!*[70] — gritou Des Grieux.

Com efeito, encontrei a avó já na entrada do hotel, impacientando-se porque eu não estava lá. Não suportara esperar até as quatro.

— Bem, levantem-me! — gritou, e nos dirigimos novamente para a roleta.

---

[70] "Que megera!". (N. do T.)

XII

A avó estava de ânimo inquieto e irritado; via-se que a roleta tornara-se, para ela, uma obsessão. Desatenta a tudo mais, não fez, por exemplo, perguntas durante o trajeto, como horas antes. Vendo uma caleça riquíssima, que passou por nós a toda velocidade, chegou a levantar a mão e perguntou: "O que é? De quem?" — mas, segundo parece, nem ouviu a minha resposta; bruscos estremecimentos e outros sinais de impaciência interrompiam-lhe amiúde a concentração mental. Quando nos aproximávamos já do cassino e lhe mostrei de longe o Barão e a Baronesa Wurmerhelm, ela olhou-os distraída e disse, com absoluta indiferença: "Hem!" — e, virando-se rapidamente para Potápitch e Marfa, que caminhavam atrás, gritou-lhes rudemente:

— Mas, por que vocês vivem agarrados a mim? Não posso trazê-los sempre! Vão para casa! Tu me bastas — acrescentou, dirigindo-se a mim, logo que os outros dois se retiraram com uma saudação apressada.

Já esperavam pela avó no cassino. Imediatamente lhe deram o mesmo lugar, ao lado do crupiê. Tenho a impressão de que aqueles crupiês, sempre tão imponentes e representando o papel de simples funcionários, com uma indiferença quase absoluta pelos ganhos ou perdas da banca, não eram de modo algum tão indiferentes a isso, e, naturalmente, estavam munidos de algumas instruções sobre o modo de atrair jogadores e assegurar o interesse do Estado, recebendo por tal motivo determinados prêmios e gratificações. Pelo menos,

a avó já era encarada como uma pequena vítima. Em seguida, aconteceu justamente o que os nossos esperavam.
Eis como a coisa sucedeu.
A avó atirou-se diretamente sobre o *zéro* e ordenou no mesmo instante que se apostassem doze *friedrichsdors* de cada vez. Tentou-se uma, duas, três vezes: o *zéro* não saía.
— Aposta, aposta! — incitava-me a avó, impaciente. Eu obedecia.
— Perdemos quantas vezes? — perguntou finalmente, rangendo de impaciência os dentes.
— Doze, vovó. Já perdemos cento e quarenta e quatro *friedrichsdors*. Eu lhe digo, vovó, até o anoitecer, é possível...
— Fica quieto! — interrompeu-me ela. — Aposta no *zéro* e, agora mesmo, também no vermelho, mil florins. Toma, aqui está o dinheiro.
O vermelho saiu, mas o *zéro* fracassou mais uma vez; devolveram-nos os mil florins.
— Estás vendo? estás vendo? — murmurou a avó. — Devolveram-nos quase tudo o que perdemos. Aposta mais uma vez no *zéro*; vamos apostar mais umas dez vezes, e, depois, deixamos o jogo.
No quinto lance, porém, a avó enfadou-se completamente.
— Manda ao diabo este zerinho infame. Toma, aposta todos os quatro mil florins no vermelho — ordenou-me.
— Vovó, é muito! Imagine se não sair o vermelho — implorei; mas a avó quase me bateu. (Aliás, dava empurrões que equivaliam quase a pancadas.) Não havia remédio: apostei no vermelho os quatro mil florins ganhos pouco antes. A roda girou. A avó estava sentada tranquilamente, ereta e altiva, não duvidando, um momento sequer, de que iria ganhar.
— *Zéro* — anunciou o crupiê.
A princípio, a avó não compreendeu, mas, vendo o crupiê arrebanhar os seus quatro mil florins e tudo mais que havia sobre a mesa, e sabendo que o *zéro*, tão esperado e em

que perdemos quase duzentos *friedrichsdors*, saltara como que de propósito quando ela acabava de xingá-lo e pô-lo de lado, soltou um "ah!" e agitou os braços, com um gesto que abrangia todo o salão. Em volta, começaram até a rir.

— Meu Deus! E foi agora que esse maldito saltou! — berrava a avó. — Miserável! Miserável! Foste tu! Somente tu! — voltou-se furiosa contra mim, empurrando-me. — Foste tu que me convenceste a desistir.

— Vovó, falei-lhe sensatamente; mas, como posso responsabilizar-me por todas as chances?

— Vou mostrar-te o que são chances! — resmungou, ameaçadora. — Sai de perto de mim.

— Até à vista, vovó — virei-me, pronto para sair.

— Aleksiéi Ivânovitch, Aleksiéi Ivânovitch, fica aqui! Aonde vais? Bem, que foi? que foi? Pronto, ficou zangado! Que tolo! Ora, fica, fica mais; não te zangues, eu mesma sou uma tola! Bem, diga-me o que fazer agora!

— Eu, vovó, não vou fazer-lhe sugestões, porque, depois, a senhora mesma vai me acusar. Jogue sozinha; dê ordens e eu vou fazer as apostas.

— Bem, bem! Ora, coloca mais quatro mil florins no vermelho! Aqui está a carteira, apanha o dinheiro. — Tirou do bolso a carteira e passou-a para mim. — Bem, anda mais depressa, há aí vinte mil rublos em dinheiro sonante.

— Vovó — murmurei — uma bolada dessas...

— Quero morrer, se não ganhar tudo de volta. Aposta!

Apostamos e perdemos.

— Aposta, aposta todos os oito mil!

— Não se pode, vovó, o lance máximo é de quatro!...

— Bem, aposta os quatro!

Dessa vez, ganhamos. A avó animou-se.

— Estás vendo? estás vendo? — pôs-se a acotovelar-me.

— Aposta mais uma vez quatro mil!

Apostamos e perdemos; depois mais uma vez, e tornamos a perder.

Um jogador

— Vovó, lá se foram todos os doze mil — comuniquei-lhe.

— Estou vendo que se foi tudo — disse ela, numa espécie de fúria tranquila, se é possível expressar-se assim. — Estou vendo, paizinho, estou vendo — murmurava, olhando diante de si, imóvel e como que pensativa. — Eh! não quero mais viver... aposta mais quatro mil florins!

— Mas não há mais dinheiro, vovó; a carteira contém apenas títulos russos a cinco por cento, mais umas ordens de transferência, mas dinheiro não existe.

— E no porta-níqueis?

— Ficaram uns trocados, vovó.

— Não existem por aqui casas de câmbio? — perguntou-me a avó com ar decidido. — Disseram-me que poderíamos trocar todos os nossos títulos.

— Oh, quanto queira! Mas a senhora vai perder tanto na troca que... até um judeu ficaria horrorizado!

— Bobagem! Vou ganhar tudo de volta! Leva-me para lá. Chama esses imbecis!

Empurrei a cadeira, apareceram os carregadores, e saímos do cassino.

— Mais depressa, mais depressa, mais depressa! — comandava a avó. — Mostra o caminho, Aleksiéi Ivânovitch, e que seja o mais curto... ainda está longe?

— A dois passos, vovó.

Mas, na esquina da praça com a alameda, encontramos todo o nosso grupo: o general, Des Grieux e *Mlle*. Blanche com sua mamãezinha. Não estavam com eles Polina Aleksândrovna, nem *Mister* Astley.

— Ora, ora, ora! Não parem! — gritava a avó. — Bem, que querem? Não podemos ficar aqui perdendo tempo com vocês!

Eu caminhava atrás dela; Des Grieux deu um salto para junto de mim.

— Perdeu tudo o que havia ganho de manhã, e ainda

liquidou os seus doze mil florins. Estamos indo para trocar os títulos a cinco por cento — disse-lhe apressadamente ao ouvido.

Des Grieux bateu o pé e correu a comunicar o fato ao general. Continuávamos a empurrar a cadeira da avó.

— Parem, parem! — murmurou-me o general, completamente fora de si.

— Experimente o senhor detê-la — murmurei em resposta.

— Titia! — aproximou-se o general — Titia... nós agora... nós agora... — a sua voz estava trêmula e baixava de tom — vamos alugar uns cavalos, para um passeio fora da cidade... Uma vista magnífica... a *pointe*... íamos convidá-la.

— Vai-te embora com a tua *pointe*! — enxotou-o a avó, com um gesto irritado.

— Lá existe uma aldeia... vamos tomar chá... — prosseguiu o general, agora completamente desesperado.

— *Nous boirons du lait, sur l'herbe fraîche*[71] — acrescentou Des Grieux com um rancor ferino.

Du lait, de l'herbe fraîche — eis o suprassumo do ideal idílico para um burguês parisiense; nisso, como se sabe, consiste a sua concepção *de la nature et de la verité!*[72]

— Vai-te embora com o teu leite! Engole-o tu sozinho; a mim, só me provoca cólicas. E por que vocês se grudaram a mim?! — gritou a avó. — Já lhes disse que tenho pressa!

— Chegamos, vovó! — gritei. — É aqui!

Paramos junto à casa de câmbio. Fui providenciar a troca; a avó ficou esperando à entrada; Des Grieux, o general e Blanche permaneceram um pouco afastados, não sabendo o que fazer. A avó olhou-os com ira, e eles saíram caminhando em direção do cassino.

---

[71] "Vamos tomar leite, sobre a relva fresca". (N. do T.)
[72] "da natureza e da verdade!". (N. do T.)

Um jogador

Foi tão desvantajosa a proposta recebida dos cambistas que não ousei aceitá-la e voltei para junto da avó, a fim de pedir instruções.

— Ah, bandidos! — gritou, agitando os braços. — Bem, não faz mal! Troca! — prosseguiu, com expressão decidida.

— Espera, chama o cambista para falar comigo.

— Não será melhor chamar um dos empregados, vovó?

— Bem, que venha o empregado, tanto faz. Ah, bandidos!

Um empregado dignou-se sair, sabendo que era chamado por uma velha condessa doente que não podia andar. A avó ficou muito tempo censurando-lhe, enfurecida e em voz alta, a maroteira, e pechinchava com ele, empregando uma mistura de russo, francês e alemão, enquanto eu a ajudava na tradução. O empregado de ar sério olhava-nos e balançava em silêncio a cabeça. Ele estava examinando a avó com uma curiosidade até demasiado insistente, e chegava a ser indelicado; por fim, começou a sorrir.

— Bem, sai daqui! — gritou a avó. — Enforca-te com o meu dinheiro! Faça a troca com ele, Aleksiéi Ivânovitch, não há tempo, senão podíamos procurar outro...

— O empregado diz que outros dariam ainda menos.

Não me lembro exatamente das condições da troca, mas foram horríveis. Recebi doze mil florins em ouro e notas, apanhei a conta e levei-a para a avó.

— Ora! Ora! Ora! Não vamos contar — pôs-se a agitar os braços. — Mais depressa, mais depressa, mais depressa!

— Nunca mais vou apostar nesse maldito *zéro*, e no vermelho também não — disse ela, chegando ao cassino.

Desta vez, empenhei-me em convencê-la a apostar o menos possível, assegurando-lhe que, mudando a sorte, sempre se poderia fazer também uma aposta graúda. Mas ela estava tão impaciente que, embora concordasse a princípio, não houve possibilidade de contê-la no decorrer do jogo. Mal começava a ganhar apostas de dez, de vinte *friedrichsdors*, punha-se a empurrar-me:

— Aí está! Aí está! Aí está, bem que nós ganhamos; se tivéssemos apostado quatro mil em lugar de dez, teríamos ganho quatro mil. E agora? Foi você, sempre você!

E, por mais que me doesse ver o jogo que ela fazia, decidi finalmente permanecer calado e não lhe aconselhar mais nada.

De repente, surgiu Des Grieux. Os outros três estavam perto; notei que *Mlle*. Blanche permanecia um pouco afastada, em companhia da mamãezinha, e que trocava amabilidades com o principezinho. O general caíra visivelmente em desgraça, quase no ostracismo. Blanche nem queria mais olhá-lo, embora ele se desfizesse em solicitudes para com ela. Pobre general! Empalidecia, ficava vermelho, tremia e até nem acompanhava mais o jogo da avó. Finalmente, Blanche e o principezinho saíram; o general correu atrás deles.

— *Madame, madame* — murmurava Des Grieux para a avó, com voz melíflua, tendo conseguido, acotovelando-se, chegar bem junto do ouvido dela. — *Madame*, esta parada é fora de propósito... não, não, não pode... — dizia ele, assassinando a língua russa. — Não!

— Então como? Está bem, ensina-me! — disse a avó, dirigindo-se a ele.

Des Grieux pôs-se de repente a tagarelar depressa em francês, começou a dar conselhos, agitou-se, dizia que era preciso esperar a sorte, ficou examinando não sei que números... e a avó não compreendia nada. Ele dirigia-se a cada momento a mim, para que eu traduzisse; apontava a mesa, indicava algo; finalmente, agarrou um lápis e começou a fazer cálculos num papelzinho. A avó acabou perdendo a paciência.

— Ora, vai-te embora, vai-te embora! Só dizes bobagens! "*Madame, madame*", e ele mesmo não compreende o negócio. Vai-te embora!

— *Mais, madame* — gorjeou Des Grieux, e pôs-se novamente a dar empurrões e a mostrar-lhe o jogo. Estava muito irritado.

— Bem, aposta uma vez do jeito que ele quer — ordenou-me a avó. — Vamos ver: talvez dê certo, realmente.

Des Grieux queria apenas distraí-la das apostas graúdas: propunha apostar em números isolados e combinados. Coloquei, segundo a sua indicação, um *friedrichsdor* numa sucessão de números ímpares, na fileira dos primeiros doze, e cinco *friedrichsdors* sobre cada grupo de números de doze a dezoito e de dezoito a vinte e quatro: ao todo, apostamos dezesseis *friedrichsdors*.

A roda girou.

— *Zéro* — gritou o crupiê. Perdemos tudo.

— Que imbecil! — gritou a avó, dirigindo-se para Des Grieux. — Que francesinho ignóbil! O conselho que me deu este monstro! Vai-te embora, vai-te embora! Não compreende nada e se intromete!

Profundamente ofendido, Des Grieux deu de ombros, olhou a avó com desprezo e afastou-se. Ele mesmo ficou envergonhado de ter começado aquilo; fora impaciência demais.

Uma hora depois, por mais que lutássemos, tínhamos perdido tudo.

— Para casa! — gritou a avó.

Não disse palavra, até chegarmos à alameda. Mas seguíamos por esta e ao nos aproximarmos já do hotel, foi deixando escapar exclamações:

— Que estúpida! Uma estupidona! Que velha estúpida, você!

Mal chegamos ao seu apartamento, pôs-se a gritar:

— Tragam-me chá! E preparemo-nos imediatamente! Vamos embora daqui!

— Para onde pretende ir, mãezinha? — começou Marfa.

— E é da tua conta? Cada macaco no seu galho! Potápitch, arruma tudo, todo o equipamento. Estamos de volta a Moscou! Eu *proverspielen*[73] quinze mil rublos!

---

[73] Mistura de russo e alemão. (N. do T.)

— Quinze mil, mãezinha! Meu Deus! — gritou Potápitch, e levantou os braços, comovido, supondo, provavelmente, que assim agradaria mais à patroa.

— Ora, ora, estúpido! Começa também a choramingar! Cale-se! Vamos preparar-nos! A conta, mais depressa, mais depressa!

— O primeiro trem parte às nove e meia, vovó — anunciei, procurando deter-lhe a fúria.

— E agora, que horas são?

— Sete e meia.

— Que pena! Bem, tanto faz! Não tenho mais um copeque, Aleksiéi Ivânovitch. Aqui tens mais duas notas, corre até lá, troca isso também. Senão, não terei nem mesmo para a viagem.

Saí. Regressando ao hotel meia hora depois, encontrei todos os nossos no apartamento da avó. Ao saber que ela ia partir de vez para Moscou, ficaram surpresos, segundo parece, ainda mais do que com a sua perda no jogo. Admita-se que a partida salvava a sua fortuna, mas o que seria agora do general? Quem pagaria a Des Grieux? *Mlle.* Blanche, é claro, não esperaria mais a morte da avó, e certamente escaparia com o principezinho ou com algum outro. Em pé, junto dela, consolavam-na e procuravam convencê-la. Também dessa vez, Polina estava ausente. A avó gritava, exaltada:

— Larguem-me, diabos! Que têm vocês com isso? Por que este barba-de-bode se arrasta para junto de mim? — gritava ela para Des Grieux. — E tu, garnisé, o que queres também? — acrescentou, dirigindo-se a *Mlle.* Blanche. — Por que te agitas assim?

— *Diantre!*[74] — murmurou *Mlle.* Blanche, fazendo cintilar furiosamente os olhos; de repente, porém, soltou uma gargalhada e saiu.

---

[74] "Diacho!". (N. do T.)

— *Elle vivra cent ans!*[75] — gritou para o general, ao passar pela porta.

— Então, contas assim com a minha morte? — urrou a avó para o general. — Vai-te embora! Enxota-os todos, Aleksiéi Ivânovitch! O que têm vocês com isso? Espoquei o que era meu, não de vocês!

O general deu de ombros, curvou-se e saiu. Des Grieux seguiu-o.

— Chamem Praskóvia — ordenou a avó a Marfa.

Cinco minutos depois, Marfa regressou, acompanhada de Polina. Durante todo aquele tempo, ela estivera em seu quarto, com as crianças, e parece que decidira mesmo não sair o dia inteiro. Tinha o rosto sério, triste, preocupado.

— Praskóvia — começou a avó —, é verdade isso que eu há pouco soube, por via indireta: que esse imbecil, o teu padrasto, quer casar-se com essa estúpida ventoinha francesa? Uma atriz, talvez coisa pior ainda? Diga: é verdade?

— Não sei disso com certeza, vovó — respondeu Polina — mas, pelas palavras da própria *Mademoiselle* Blanche, palavras que ela não procura ocultar, concluo...

— Chega! — interrompeu-a a avó com energia. — Compreendo tudo! Sempre julguei que ele chegaria a isto, sempre o considerei a pessoa mais fútil e leviana. Conseguiu, à força, fazer-se general (foi promovido ao dar baixa), e agora se faz de importante. Eu, minha mãe, sei de tudo sobre os telegramas que vocês ficaram enviando para Moscou. "A velha (por assim dizer) esticará logo a canela?" Esperavam a herança; sem dinheiro, essa infame rapariga — chama-se De Cominges, não? — não o tomaria nem para criado, ainda mais com aqueles dentes postiços. Dizem que ela mesma tem um montão de dinheiro, que empresta a juros; foi bem ganho. Praskóvia, não te culpo; não foste tu quem mandou os telegramas; e também não quero lembrar o que já passou. Sei

---

[75] "Ela viverá cem anos!". (N. do T.)

que tens mau gênio. Uma vespa! Quando picas, o local fica logo inflamado, mas tenho pena de ti, porque eu amava a defunta Catierína,[76] tua mãe. Bem, larga tudo aqui e vem comigo, queres? Realmente, não tens para onde ir; e agora, não é decente ficares com eles. Espera! — interrompeu ela, depois que Polina começara a responder-lhe. — Eu ainda não terminei. Minha casa em Moscou, você mesma sabe, é um palácio, pode ocupar um andar inteiro, se quiser, e passar semanas sem descer para me visitar, se não te agradar o meu gênio. Bem, você quer ou não?

— Permita, em primeiro lugar, perguntar-lhe: a senhora pretende realmente partir agora?

— Pensas que estou brincando, mãezinha? Disse e vou. Perdi hoje quinze mil rublos nessa excomungada roleta de vocês. Há cinco anos fiz promessa de construir, nos arredores de Moscou, uma igreja de pedra em lugar daquela de madeira, que existe lá, mas, em vez disso, me encalacrei aqui. Agora, mãezinha, vou viajar para construir a igreja.

— E as águas, vovó? A senhora não veio fazer uma estação de cura?

— Deixa-me em paz com essas tuas águas! Não me irrites, Praskóvia! Faz isso de propósito? Diga, vens comigo ou não?

— Eu lhe fico muito, muitíssimo agradecida, vovó — começou Polina, sensibilizada — pelo refúgio que me oferece. A senhora adivinhou, em parte, a minha situação. Sou-lhe tão reconhecida que, acredite, irei morar em sua casa, talvez mesmo em breve; mas, por enquanto, há uns motivos... importantes... e eu não posso decidir-me neste momento. Se a senhora ficasse aqui, pelo menos duas semanas mais...

— Quer dizer que você não quer?

— Quer dizer que não posso. Além disso, não devo, em todo caso, abandonar meu irmão e minha irmã, e, visto que...

---

[76] Corruptela de Iecatierína (Catarina). (N. do T.)

visto que... realmente pode acontecer que eles fiquem como que abandonados, então... se a senhora me aceitar com as criancinhas, vovó, então, naturalmente, irei para sua casa e, creia-me, hei de merecer isso da senhora! — acrescentou com ardor. — Mas, sem as crianças, não posso, vovó.

— Bem, não choramingue! (Polina nem estava pensando em choramingar e, realmente, nunca chorava.) Haverá lugar para os pintinhos também, pois o galinheiro é grande. Além disso, já estão em idade de ir à escola. Quer dizer que não vens agora? Bem, Praskóvia, veja bem! Eu te desejaria boa sorte, mas sei por que não vens. Sei de tudo, Praskóvia! Não tens nada de bom a esperar desse francesinho.

Polina ficou abrasada. Eu até estremeci. (Todos sabiam! Eu era, pois, o único a não saber de nada!)

— Bem, bem, deixa de franzir o cenho. Não vou tagarelar sobre isso. Mas, cuidado, que não te dê aborrecimentos, compreendes? És uma moça inteligente; vou ter pena de ti. Bem, chega, melhor seria que eu nem olhasse para vocês todos! Vá embora! Adeus!

— Vou ainda acompanhá-la, vovó — disse Polina.

— Não é preciso; não me atrapalhes, que eu já estou enjoada de vocês todos.

Polina beijou a mão da avó, que a retirou, beijando a moça na face.

Passando ao meu lado, Polina lançou-me um olhar rápido e imediatamente desviou os olhos.

— Bem, digo-te igualmente adeus, Aleksiéi Ivânovitch! Falta apenas uma hora para o trem. Penso que te cansaste comigo. Toma estas cinquenta moedas de ouro.

— Agradeço-lhe muito, vovó, mas tenho escrúpulos...

— Ora, ora! — gritou a avó, de modo tão enérgico e ameaçador que não ousei recusar e aceitei.

— Em Moscou, quando estiver correndo à cata de emprego, venha me ver; vou recomendar-te a alguém. E agora, vai embora!

Fui para o meu quarto e deitei-me na cama. Penso que fiquei estirado cerca de meia hora, as mãos atrás da nuca. A catástrofe dasencadeara-se, havia em que pensar. Resolvi falar seriamente com Polina, no dia seguinte. Ah, o francesinho? Então, era verdade! Mas, em que podia consistir aquilo? Polina e Des Grieux! Que dupla, meu Deus!

Tudo isso era simplesmente inverossímil. Ergui-me de súbito, fora de mim, para ir imediatamente à procura de *Mister* Astley e obrigá-lo a falar a todo custo. Naturalmente, ele sabia mais que eu, em relação a isso também. *Mister* Astley? Eis outro enigma!

De repente, ressoaram pancadas à minha porta. Fui ver: era Potápitch.

— Paizinho, Aleksiéi Ivânovitch, a patroa está chamando!

— Que se passa? Ela já vai? Ainda faltam vinte minutos para o trem.

— Estão inquietas, paizinho, mal conseguem ficar sentadas. "Mais depressa, mais depressa!" — isso para chamar o senhor, paizinho; pelo amor de Cristo, não se atrase.

Corri imediatamente para baixo. A avó já fora levada para o corredor. Segurava a carteira.

— Aleksiéi Ivânovitch, caminha na frente, vamos!...

— Para onde, vovó?

— Nem que eu tenha de morrer, vou ganhar tudo de volta! Bem, ordinário! marche! e sem perguntar nada! Não é verdade que o jogo ali vai até a meia-noite?

Fiquei petrificado, refleti um pouco, mas imediatamente cheguei a uma decisão.

— Faça o que quiser, Antonida Vassílievna, mas eu não vou.

— Por que isso? O que há? Que bicho os mordeu a todos?!

— Faça o que quiser: eu iria censurar-me depois. Não quero! Não quero ser testemunha nem cúmplice; livre-me disso, Antonida Vassílievna. Aqui estão de volta os seus cinquenta *friedrichsdors*; adeus! — e, colocando o rolo de moedas sobre a mesinha ao lado da qual estava a cadeira da avó, cumprimentei-a com a cabeça e saí.

— Que absurdo! — gritou às minhas costas a avó. — Podes deixar de me acompanhar, vou achar o caminho sozinha! Vem comigo, Potápitch! Bem, levantem-me e carreguem-me.

Não encontrei *Mister* Astley e voltei para o hotel. Depois da meia-noite, soube, por intermédio de Potápitch, como terminara o dia da avó. Perdera tudo o que eu lhe trocara horas antes, isto é, em nossa moeda, mais dez mil rublos. No cassino, juntara-se a ela aquele mesmo polaquinho a quem dera dois *friedrichsdors*, o qual lhe orientou o jogo o tempo todo. A princípio, antes de aparecer o polaquinho, ela fizera Potápitch efetuar as apostas, mas, pouco depois, mandara-o embora; foi nesse momento que o polaquinho surgiu. Como que de propósito, ele compreendia o russo e tagarelava até, ainda que de modo canhestro, numa mistura de três línguas, de jeito que conseguiam entender-se. A avó cumulava-o de injúrias o tempo todo.

— Embora ele "rastejasse aos pés da *pani*",[77] não havia comparação possível com o senhor, Aleksiéi Ivânovitch — contava Potápitch. — Ela tratava-o como a *um senhor de verdade*, mas o outro (vi com os meus próprios olhos, e que Deus me mate agora mesmo se não digo verdade) roubava o dinheiro dela da própria mesa. Ela mesma o pilhou umas duas vezes, e maltratou-o, paizinho, chamando-lhe todos os nomes; uma vez até o puxou pelos cabelinhos — é verdade, não estou mentindo — de modo que em volta as pessoas deram risada. Perdeu tudo, paizinho; tudo o que o senhor trocou para ela. Nós a trouxemos, a mãezinha, até aqui; ela só pediu água, fez o sinal da cruz e foi para a caminha. Ficou talvez esgotada; só sei que adormeceu no mesmo instante. Que

---

[77] "Senhora". Em polonês, no original. (N. do T.)

Deus a faça sonhar com os anjos! Ai, estes países estrangeiros! — concluiu Potápitch. — Eu lhe dizia que tudo aquilo não podia dar bom resultado. E que a gente vá o quanto antes para a nossa Moscou! E o que é que nos falta em casa, lá em Moscou? O jardim, flores como não existem aqui, ar perfumado, maçãzinhas amadurecendo, espaço; mas não: tinha que ir para o estrangeiro! O-o-oi!...

XIII

Levei quase um mês sem tocar nessas minhas notas, iniciadas sob a influência de impressões fortes, ainda que desordenadas. A catástrofe, cuja aproximação eu pressentira então, aconteceu realmente, mas de modo cem vezes mais abrupto e inesperado do que eu pensava. Foi algo estranho, monstruoso, trágico mesmo, pelo menos no que me dizia respeito. Sucederam comigo alguns fatos quase milagrosos; é assim, pelo menos, que os encaro ainda hoje, se bem que, de outro ponto de vista e, sobretudo, julgando-os pelo turbilhão em que então me vi envolvido, eles fossem apenas algo mais que absolutamente comuns. O que me parece mais prodigioso, no entanto, é o modo pelo qual eu mesmo encarei todos esses acontecimentos. Até agora, não me compreendo! E tudo isso se esvaiu como um sonho, até mesmo a minha paixão; realmente, era forte e autêntica, mas... que é feito dela agora? Em verdade, vez por outra, passa-me pela cabeça: "Não teria eu perdido então o juízo, e passado todo esse tempo em algum manicômio? Talvez ainda me encontre num, de modo que tudo isso tenha sido apenas *impressão*, e até agora continue sendo...".

Reuni e reli as minhas folhas de papel. (Quem sabe, talvez para verificar se não as escrevera num manicômio?) Agora, estou bem sozinho. Aproxima-se o outono, as folhas das árvores amarelecem. Estou nesta triste cidadezinha (oh, como são tristes as cidadezinhas alemãs!) e, em lugar de refletir sobre o passo a empreender, vivo sob a influência das impressões recentes, sob a influência das lembranças frescas, de todo esse vendaval, que me arrebatou então para dentro desse redemoinho e que de novo me expeliu para alguma parte. Às vezes, tenho a impressão de estar ainda girando no mesmo vendaval, e que, mais um instante, e passará novamente por mim essa tempestade, agarrar-me-á, de passagem, com a sua asa, e, mais uma vez, hei de saltar fora da ordem e do senso da medida, e rodopiar, rodopiar indefinidamente...

Aliás, é possível que eu me fixe de algum modo e pare de girar, se me der a mim mesmo, na medida do possível, conta exata de tudo o que sucedeu este mês. Algo me atrai novamente para o papel; além disso, às vezes, não há nada absolutamente a fazer de noite. Coisa estranha, para matar de algum modo o tempo, apanho na ordinária biblioteca local uns romances de Paul de Kock (em tradução alemã!), que eu quase não suporto; todavia leio-os e admiro-me de mim mesmo: é como se eu temesse destruir, com um livro ou ocupação séria, o encanto do passado próximo. Dir-se-ia que me são tão caros esse sonho monstruoso e todas as impressões por ele deixadas, que eu tenho até medo de tocá-los com algo novo, para que não se desfaçam em fumaça! Serão realmente tão caros para mim? Sim, certamente me são caros; e talvez me lembre disso daqui a quarenta anos...

Pois bem, começo a escrever. Aliás, tudo isso pode ser contado agora parcialmente e de modo bem sucinto: as impressões não são as mesmas, absolutamente...

Em primeiro lugar, é preciso acabar o caso da avó. No dia seguinte, ela perdeu o seu último dinheiro. Era inevitável: uma vez nessa trilha, as pessoas do seu tipo correm cada vez mais depressa, como se descessem de trenó uma vertente nevada. Jogou o dia todo, até as oito da noite; não presenciei o seu jogo e fiquei sabendo dele apenas pelo que me contaram.

Potápitch passou o dia inteiro de plantão junto dela, no cassino. Os polaquinhos que orientavam a avó alternaram-se,

nesse dia, algumas vezes. Começou por enxotar o polaquinho da véspera, aquele que ela puxara pelos cabelos, e chamou um outro, mas o segundo foi talvez pior ainda. Expulsando este, voltou a aceitar o primeiro, que não se afastara e ficara acotovelando-se por trás da cadeira dela, estendendo a cada momento a cabeça na sua direção; por fim, ela foi presa de verdadeiro desespero. O segundo polaquinho expulso também não queria, de modo algum, ir embora; um instalou-se à direita, o outro à esquerda. Discutiam e insultavam-se o tempo todo, por causa de lances e apostas, xingavam-se de *lajdak*[78] e outras amabilidades polacas, tornavam a fazer as pazes, e atiravam o dinheiro, a esmo, sobre os números. Depois de brigar, cada um apostava do seu lado; por exemplo, um no vermelho, o outro, simultaneamente, no preto. Deixaram a avó completamente atordoada, ela passou a não compreender o que acontecia, e, finalmente, dirigiu-se quase chorando ao crupiê velhinho, pedindo que a defendesse e os expulsasse. Eles foram realmente enxotados no mesmo instante, apesar dos seus gritos e protestos: gritavam ambos ao mesmo tempo e procuravam demonstrar que a avó é que lhes ficara devendo dinheiro, que os enganara em algo e agira em relação a eles de modo ignóbil, desonesto. O infeliz Potápitch contou-me tudo isso chorando, naquela mesma noite, depois do jogo, queixando-se de que eles enchiam os bolsos de dinheiro, e que ele mesmo vira como roubavam sem escrúpulo nenhum, a todo momento. Um deles pedia, por exemplo, à avó, cinco *friedrichsdors*, como pagamento pelos serviços prestados e começava a colocar as suas apostas junto às da avó. Esta ganhava, e o outro gritava que o seu lance fora premiado e que a avó perdera. Quando foram expulsos, Potápitch apareceu e denunciou que eles tinham os bolsos cheios de ouro. A avó pediu imediatamente ao crupiê que tomasse providências e, por mais que os dois polaquinhos gritassem

---

[78] "Canalha". Em polonês no original. (N. do T.)

(como dois galos apanhados à unha), apareceram policiais e os bolsos deles foram esvaziados, em benefício da avó. Esta, enquanto teve dinheiro, desfrutou de evidente prestígio junto aos crupiês e às demais autoridades do cassino. Pouco a pouco, a sua fama espalhou-se pela cidade inteira. Os visitantes da estação de águas, pessoas de todas as nacionalidades, tanto os mais simples como os mais ilustres, acorriam para ver *une vieille comtesse russe, tombée en enfance*,[79] e que já perdera "alguns milhões".

Mas a avó lucrou pouco, muito pouco, pelo fato de a terem livrado dos dois polaquinhos. Para substituí-los, apareceu no mesmo instante, oferecendo os seus serviços, um terceiro polaco, que falava russo correntemente, vestido como um cavalheiro, embora parecesse um lacaio; tinha imensos bigodes e ostentava arrogância. Também este "beijava os pés da *pani*", "estendia-se aos pés da *pani*", mas, em relação aos circunstantes, portava-se com insolência e dava ordens com modos despóticos; em suma, colocou-se logo no papel, não de criado, mas de patrão da avó. A todo momento, e depois de cada lance, dirigia-se a ela e, proferindo os mais terríveis juramentos, assegurava que ele próprio era um *honorowy pan*, e que não levaria da avó um copeque sequer. Repetia aqueles juramentos com tal frequência que ela acabou por acovardar-se completamente. Mas como aquele *pan*, a princípio, parecera realmente ter-lhe melhorado o jogo e começado a ganhar, a própria avó se via impossibilitada de livrar-se dele. Passada uma hora, ambos os polaquinhos expulsos do cassino apareceram novamente atrás da cadeira da avó, oferecendo mais uma vez os seus préstimos, ainda que fosse para recados. Potápitch jurava por Deus que o *honorowy pan* piscava para eles, e até lhes passara algo. Como a avó não tivesse ido jantar e quase não saísse da cadeira, um dos polaquinhos foi-lhe realmente útil: correu ao restauran-

---

[79] "Uma velha condessa russa, que virou criança". (N. do T.)

te do cassino, que ficava ao lado, e trouxe-lhe uma taça de caldo de galinha e, em seguida, chá. Aliás, os dois polaquinhos corriam juntos. Mas, findo o dia, quando todos compreenderam que a avó perdia a última nota, havia já atrás da sua poltrona uns seis polaquinhos, que ninguém vira nem ouvira antes. E, quando ela já estava perdendo as derradeiras moedas, eles não apenas não mais lhe obedeciam, como sequer lhe davam atenção: esticavam-se por cima dela, sobre a mesa, agarravam sozinhos o dinheiro, providenciavam e apostavam, discutiam e gritavam, conversavam, como íntimos, com o *honorowy pan*, que quase se esquecera da existência da avó. Mesmo quando esta, tendo já literalmente perdido tudo, voltou às oito da noite para o hotel, três ou quatro polaquinhos ainda não se haviam decidido a abandoná-la e corriam de cada lado da sua cadeira, gritando a plenos pulmões, falando depressa e assegurando que a avó os enganara em algo e lhes devia uma indenização. Foi assim que chegaram até o hotel, de onde, finalmente, foram enxotados aos empurrões.

Segundo os cálculos de Potápitch, a avó perdera naquele dia, ao todo, perto de noventa mil rublos, além do perdido na véspera. Ela trocara, sucessivamente, todos os seus papéis: apólices a cinco por cento, títulos de dívida interna e ações. Cheguei a admirar-me de como ela suportara ficar na cadeira todas aquelas sete a oito horas, quase sem se afastar da mesa, mas Potápitch contou que, por umas três vezes, ela realmente começara a ganhar muito; e entusiasmada novamente com a esperança, não conseguira mais afastar-se dali. Aliás, os jogadores sabem como uma pessoa pode passar quase vinte e quatro horas sentada com um baralho, sem desviar os olhos das cartas.

Entretanto, durante todo aquele dia, passaram-se em nosso hotel fatos igualmente bem decisivos. Ainda pela manhã, antes das onze, enquanto a avó permanecia nos seus aposentos, nossa gente, isto é, o general e Des Grieux, resolveram dar um passo decisivo. Tendo sabido que a avó, longe de pensar em partir, ia, pelo contrário, de novo ao cassino, eles foram, em conclave completo (com exceção de Polina), discutir com a avó, definitiva e mesmo *francamente*, o assunto. O general, que estava trêmulo e sentia petrificar-se o coração, em virtude das terríveis consequências que o aguardavam, passou até da medida: depois de meia hora de pedidos e súplicas, e tendo, mesmo, confessado com franqueza tudo, isto é, todas as dívidas e até a sua paixão por *Mlle*. Blanche (estava completamente perturbado), assumiu de repente um tom ameaçador e pôs-se mesmo a gritar e a bater os pés na direção da avó; gritava que ela estava lançando a vergonha sobre a família, que se tornara o escândalo de toda a cidade, e, finalmente... finalmente: "Está cobrindo de vergonha o nome da Rússia, senhora! — gritou. — E para isso existe polícia!". A avó enxotou-o por fim com uma vara (uma vara de verdade). O general e Des Grieux conferenciaram ainda uma ou duas vezes naquela manhã, preocupados realmente com o seguinte: não se poderia, na verdade, utilizar de algum modo a polícia? Diriam que uma velhinha infeliz, mas respeitável, perdera completamente o juízo, que ia deixar no cassino o resto do seu dinheiro, etc. Numa palavra, não se podia conseguir que a vigiassem de algum modo ou ordenassem uma interdição?... Mas Des Grieux dava apenas de ombros e ria na cara do general, que já tagarelava sem saber o que dizia, correndo de uma à outra extremidade do gabinete. Finalmente, Des Grieux fez um gesto com a mão e desapareceu. Soube-se à noitinha que deixara o hotel, depois de uma conversa bem decisiva e misteriosa com *Mlle*. Blanche. Quanto a esta, desde a manhã tomara medidas definitivas: enxotara de vez o general, não lhe permitindo sequer que aparecesse aos seus olhos. Quando o general correu atrás dela para o cassino, e a encontrou de braço com o principezinho, tanto ela como *Madame veuve* Cominges fingiram não o conhecer. O principezinho também não o cumprimentou. No decorrer de todo aquele dia, *Mlle*. Blanche sondou e trabalhou o príncipe, esperando que ele desse, finalmente, a palavra decisiva. Mas ai, enganara-se cruelmente nos seus cálculos em relação a ele! Foi já à noitinha que se deu esta pequena catástrofe; descobriu-se de repente que o príncipe estava pobre como Jó, e que até contava com ela para tomar-lhe dinheiro emprestado, em troca de uma nota promissória, a fim de jogar na roleta. Blanche mandou-o embora indignada e trancou-se no quarto.

Na manhã do mesmo dia, fui ver *Mister* Astley, ou, melhor, passei a manhã inteira procurando-o, mas não consegui de modo algum encontrá-lo. Não estava em seus aposentos, nem no cassino ou no parque. Dessa vez, não almoçou no hotel. Depois das quatro, avistei-o de repente, indo da estação de estrada de ferro diretamente para o Hôtel d'Angleterre. Ia muito apressado e estava bem preocupado, embora fosse difícil distinguir-lhe no rosto qualquer indício de perturbação. Estendeu-me alegremente a mão, com a sua exclamação costumeira: "Eh!" — mas não se deteve e prosseguiu em seu caminho, num passo bastante apressado. Segui-o; mas ele soube responder-me de tal modo que me senti incapaz de fazer-lhe mais perguntas. Além disso, eu tinha, não sei por quê, um escrúpulo tremendo de falar-lhe a respeito de Polina; e ele, por seu lado, não me perguntou por ela. Contei-lhe o episódio com a avó; ouviu-me com atenção e seriedade e deu de ombros.

— Ela vai perder tudo — observei.

— Oh, sim! — respondeu. — Ainda outro dia, achava-me de partida, ela foi jogar e eu já sabia com certeza que ela perderia tudo. Se tiver tempo, irei ao cassino para dar uma olhada, pois isso é curioso...

— Mas, por onde andou? — exclamei, surpreendido por não lhe ter perguntado isso antes.

— Estive em Frankfurt.

— A negócios?

— Sim, a negócios.
Bem, que lucraria eu em insistir com perguntas? Aliás, ainda me achava caminhando ao seu lado, quando, de repente, ele dobrou uma esquina, em direção ao Hôtel des Quatre Saisons,[80] acenou-me com a cabeça e desapareceu. Voltando ao meu hotel, pouco a pouco fui me convencendo de que, mesmo no caso de passar duas horas conversando com ele, eu não viria a saber absolutamente nada, porque... porque nada tinha a perguntar-lhe! Sim, era isso naturalmente! Eu não poderia, de modo nenhum, formular então a minha pergunta.
Durante todo esse dia, Polina ora passeava com as crianças e a babá no parque, ora ficava em casa. Havia muito que estava evitando o general e quase não falava com ele, pelo menos nada de sério. Eu já notara isso há muito. Mas sabendo em que estado se encontrava naquele dia o general, pensei que ele não conseguiria evitá-la, isto é, que entre eles não poderiam deixar de ocorrer certas explicações importantes e familiares. Todavia, quando, regressando ao hotel, depois da conversa com *Mister* Astley, encontrei Polina com as crianças, o seu rosto refletia a mais imperturbável tranquilidade, como se ela tivesse sido a única poupada por todas aquelas tempestades domésticas. Em resposta à minha saudação, fez-me um aceno com a cabeça. Cheguei ao meu quarto completamente irritado.
Naturalmente, evitava falar-lhe, e não a encontrara nem uma vez sequer depois do incidente com os Wurmerhelm. Ao mesmo tempo, eu, em parte, fingia e me exibia; mas, com o decorrer do tempo, fervia em mim, com intensidade crescente, uma indignação genuína. Mesmo que ela não me amasse nem um pouco, não era lícito, apesar de tudo, parecia-me, espezinhar desse modo os meus sentimentos e receber minhas declarações com tamanho desdém. Com efeito, ela sabia que

---

[80] Hotel das Quatro Estações. (N. do T.)

eu a amava de verdade; e ela mesma me permitia falar-lhe disso! É verdade que a coisa começara entre nós de modo um tanto estranho. Havia tempo, uns dois meses, começara eu a notar que ela queria fazer-me seu amigo e confidente, e que, em parte, já fazia tentativas nesse sentido. Mas, por um motivo qualquer, isso não prosseguira; pelo contrário, sobrevieram as nossas estranhas relações atuais; por isso mesmo, comecei a falar com ela daquele modo. Mas, se o meu amor lhe repugnava, por que não me proibia simplesmente manifestá-lo?

Isso ela não me proibia; às vezes até me provocava para uma conversa e... naturalmente, fazia-o por zombaria. Sei disso com certeza, notei-o perfeitamente: era-lhe agradável, depois de me ouvir e de me irritar dolorosamente, deixar-me, de súbito, perplexo com algum ato extravagante, de soberano desprezo e desatenção. E não desconhecia que, sem ela, eu não poderia mais viver. Agora, já se passaram três dias desde o episódio com o barão, e eu não posso mais suportar a nossa *separação*. Quando a encontrei há pouco, junto ao cassino, o coração bateu-me com tal intensidade que empalideci. Mas também ela não pode mais viver sem mim! Eu lhe sou necessário, mas será possível, será possível que me queira unicamente como palhaço?

Ela tem um segredo — isso é evidente! A sua conversa com a avó pungiu-me intensamente. Bem que eu instei mil vezes com ela que fosse franca comigo, e Polina sabia que eu estava realmente pronto a sacrificar-lhe a vida. Mas ela desembaraçava-se de mim quase sempre com desprezo, ou, em lugar do sacrifício que lhe oferecia, exigia de mim disparates semelhantes ao daquela vez com o barão! Não era uma indignidade? Resumir-se-ia todo o mundo, para ela, naquele francês? E *Mister* Astley? Mas, aí, o caso já se tornava absolutamente incompreensível, e, no entanto, meu Deus, como eu sofria!

Ao chegar ao quarto, num acesso de furor, agarrei a pena e rabisquei para ela o seguinte:

"Polina Aleksândrovna, vejo claramente que chegou o desfecho; naturalmente, há de atingi-la também. Repito pela derradeira vez: precisa da minha cabeça ou não? Se eu lhe sou necessário, *seja lá para o que for*, disponha de mim; atualmente, passo a maior parte do tempo no meu quarto, e não viajarei por enquanto. Se precisar de mim, escreva ou mande chamar-me."

Fechei o envelope e enviei o bilhete por um criado, com ordem de entregá-lo em mãos. Não esperava resposta, mas, três minutos depois, o criado voltou com a notícia de que "me mandavam cumprimentos".

Depois das seis, fui chamado ao apartamento do general.

Ele estava no escritório, vestido para sair, o chapéu e a bengala sobre o divã. Ao entrar, tive a impressão de que ele falava sozinho, parado no centro do quarto, as pernas afastadas e a cabeça baixa. Mas, apenas me avistou, lançou-se na minha direção, quase com um grito, de modo que, involuntariamente, retrocedi e estive a ponto de correr; ele, porém, agarrou-me as mãos e arrastou-me para o divã; aí se sentou, fazendo-me acomodar numa poltrona, à sua frente, e, sem me soltar as mãos, de lábios trêmulos, com lágrimas a brilharem-lhe de repente nas pestanas, disse, numa voz súplice:

— Aleksiéi Ivânovitch, salve-me, salve-me, tenha pena de mim!

Durante muito tempo não pude compreender nada; ele falava, falava, falava sem cessar e repetia: "Tenha pena, tenha pena!". Finalmente, adivinhei que esperava de mim algo no gênero de um conselho; ou, melhor, abandonado por todos, assaltado de angústia e alarma, lembrou-se de mim e mandou chamar-me unicamente para falar, falar, falar.

Perdera o juízo, ou, pelo menos, achava-se no auge da perplexidade. Cruzava os braços e estava pronto a pôr-se de joelhos diante de mim, para... adivinhem!... para que eu fosse imediatamente à procura de *Mlle*. Blanche, a fim de convencê-la, fazer-lhe ver que devia voltar para a sua companhia e desposá-lo.

— Permita-me dizer-lhe, general — exclamei — que *Mademoiselle* Blanche talvez nem me tenha notado até hoje! Que posso fazer?

Mas era inútil retrucar: ele não compreendia minhas palavras. Começava também a falar da avó, mas com uma incoerência extrema; insistia, ainda, na ideia de mandar chamar a polícia.

— Em nosso país, em nosso país — começou de repente, fervendo de indignação — numa palavra, em nosso país, onde há um Estado bem organizado, onde existe autoridade, velhas assim seriam colocadas imediatamente sob tutela! Sim, meu prezado senhor, sim! — prosseguiu, erguendo-se de um salto, passando de repente a um tom de descompostura, caminhando pela sala. — O senhor ainda não sabia isso, meu prezado senhor — dirigiu-se a algum prezado senhor imaginário, no canto da sala. — Pois bem, ficará sabendo... sim... em nosso país, velhas assim são dobradas em arco, em arco, em arco, sim... oh, com mil diabos!

E ele se atirava novamente sobre o divã e, um instante depois, apressava-se a contar-me, quase soluçando, perdendo o alento, que *Mlle*. Blanche não queria casar-se com ele porque, em lugar de um telegrama, chegara a própria avó, sendo, pois, evidente que ele não receberia a herança. Parecia-lhe que eu ainda não sabia nada daquilo. Falei sobre Des Grieux; ele fez um gesto com a mão:

— Partiu! Tudo o que é meu está hipotecado a ele; estou pobre como Jó! Aquele dinheiro que o senhor trouxe... aquele dinheiro... eu não sei quanto é, creio que ficaram uns setecentos francos e... é tudo... Quanto ao que vai acontecer, não sei, não sei!...

— Mas, como pagará a conta do hotel? — exclamei assustado. — E... depois?

Sua expressão tornou-se pensativa, mas parece que não compreendeu nada e talvez nem me tivesse ouvido. Tentei falar de Polina Aleksândrovna, das crianças; ele respondia, apressado: — Sim! Sim! — Mas, no mesmo instante, punha-se a falar novamente do príncipe, de que Blanche agora partiria com ele, e então... — e então que farei eu, Aleksiéi Ivânovitch? — perguntava-me de repente. — Por Deus, diga o que devo fazer? Isto é uma verdadeira ingratidão! Diga, não é uma ingratidão?

Por fim, uma torrente de lágrimas jorrou-lhe dos olhos.

Não havia o que fazer com uma pessoa assim; deixá-lo sozinho era também perigoso; algo podia acontecer-lhe. Aliás, de certo modo pude livrar-me dele, mas recomendei à babá que fosse vê-lo com frequência, e, além disso, falei com o criado do pavimento, um rapaz bem sensato, que me prometeu também ficar atento.

Mal deixei o general, Potápitch veio chamar-me, da parte da avó. Eram oito horas, e ela acabava de voltar do cassino, depois de ter perdido tudo. Fui vê-la: a velha estava sentada na sua cadeira, completamente extenuada, e parecia doente. Marfa servia-lhe uma chávena de chá, obrigando-a quase à força a tomá-lo. A voz da avó estava profundamente alterada.

— Boa tarde, paizinho Aleksiéi Ivânovitch — disse, baixando lentamente e com ar de importância a cabeça. — Desculpe tê-lo incomodado mais uma vez, perdoe uma pessoa idosa. Eu, pai meu, deixei tudo lá, quase cem mil rublos. Tiveste razão ontem de não querer ir comigo. Agora estou sem dinheiro, sem um vintém sequer. Não quero molengar nem um instante, partirei às nove e meia. Mandei um recado àquele teu inglês... Astley, não é verdade? Quero pedir-lhe três mil francos emprestados por uma semana. Tranquiliza-o, para que não pense alguma coisa e não me recuse isso. Pai meu, ainda sou bastante rica. Possuo três aldeias e duas casas. E ainda se encontrará algum dinheiro, não trouxe tudo comigo. Digo isso para que ele não tenha alguma dúvida... Ah, já está aqui! Conhece-se logo uma pessoa de bem.

Mister Astley apressara-se em atender ao primeiro chamado da avó. Sem qualquer hesitação, e sem falar muito, contou imediatamente três mil francos, recebendo uma nota promissória, assinada por ela. A seguir, fez uma saudação e apressou-se a sair.

— Agora, deixa-me também, Aleksiéi Ivânovitch. Resta-me pouco mais de uma hora e eu quero deitar-me, doem-me os ossos. Não me queiras mal, velha estúpida que sou. Agora, não vou mais acusar os jovens de leviandade, e, quanto àquele infeliz, o general de vocês, é também um pecado censurá-lo agora. Apesar de tudo, não lhe darei dinheiro, conforme pretende, porque, a meu ver, ele é um imbecilzinho, completo, mas eu também, velha estúpida, não sou mais inteligente que ele. Realmente, mesmo na velhice, Deus cobra tudo e castiga o orgulho. Bem, adeus. Levanta-me, Marfucha.[81]

Eu, entretanto, queria acompanhar a avó. Ademais, permanecia numa espécie de expectativa, aguardando sempre que, mais um pouco, e algo aconteceria. Não consegui ficar no quarto. Saí para o corredor, e, por uns instantes, fiquei mesmo vagando pela alameda. A minha carta a Polina era clara e categórica, e a catástrofe que sucedera, naturalmente, definitiva. No hotel, ouvi falar da partida de Des Grieux. Afinal, mesmo que ela me repelisse como amigo, talvez não me repelisse como criado. Bem que precisava de mim, nem que fosse para recados; sim, haveria de ser útil, por que não?!

Na hora do trem, corri à estação e ajudei a avó a acomodar-se. Instalaram-se todos num vagão especial. "Obrigado, paizinho, por tua ajuda desinteressada — disse ela, despedindo-se de mim. — Repete à Praskóvia aquilo que eu lhe disse ontem: vou esperá-la."

---

[81] Diminutivo de Marfa. (N. do T.)

Fui para o hotel. Passando pelo apartamento do general, encontrei a babá e informei-me a respeito dele. "Ih, paizinho, não há nada" — respondeu ela com ar triste. Contudo, entrei; mas, à porta do escritório, parei completamente estupefato. *Mlle.* Blanche e o general davam estrondosas gargalhadas, a propósito de algo. *Veuve* Cominges também estava lá, sentada no divã. O general parecia possesso de alegria, chilreava frases sem sentido e emitia um longo riso nervoso, que lhe franzia todo o rosto numa infinidade de pequenas rugas, escondendo-lhe os olhos. Mais tarde, soube, por intermédio da própria Blanche, que ela, tendo mandado embora o príncipe e sabendo do pranto do general, tivera a ideia de consolá-lo e entrara por um instantinho no apartamento dele. O pobre general ignorava, porém, que o seu destino já estava decidido, e que Blanche começara a arrumar as coisas a fim de voar, no dia seguinte, para Paris, com o primeiro trem da manhã.

Parando por algum tempo no umbral do gabinete do general, resolvi não entrar e saí sem ser notado. Subindo para o meu quarto e abrindo a porta, notei de repente, na penumbra, um vulto sentado numa cadeira, no canto junto à janela. Não se levantou quando entrei. Acerquei-me rapidamente, olhei e... faltou-me o alento: era Polina!

XIV

Soltei um grito.
— O que há? O que há? — perguntou ela de modo estranho. Estava pálida e tinha o olhar sombrio.
— Como, o que há? Você, aqui? No meu quarto?!
— Se eu venho, quer dizer que venho *toda*. É meu costume. Verá isso já; acenda a vela.
Acendi. Polina levantou-se, aproximou-se da mesa e colocou diante de mim uma carta aberta.
— Leia — ordenou.
— Isto... isto é letra de Des Grieux! — exclamei, agarrando a carta. Tremiam-me as mãos e as linhas dançavam-me diante dos olhos. Esqueci os termos exatos da carta, mas ei-la, se não palavra por palavra, pelo menos, ideia por ideia.
"*Mademoiselle* — escrevia Des Grieux — certas circunstâncias desfavoráveis obrigam-me a partir imediatamente. A senhorita, sem dúvida, notou que eu evitei propositadamente uma explicação definitiva, até que todas as circunstâncias ficassem elucidadas. A chegada da velha (*de la vieille dame*), sua parenta, e seu absurdo comportamento puseram fim a todas as minhas perplexidades. O mau estado em que se encontram os meus próprios negócios impedem-me definitivamente de alimentar, no futuro, as doces esperanças com que ousei embriagar-me por algum tempo. Lamento o que se passou, mas espero que nada encontre, na minha conduta, que seja indigno de um cavalheiro e de um homem honesto (*gentilhom-*

me et honnête homme). Tendo perdido quase todo o meu dinheiro em dívidas contraídas por causa do seu padrasto, encontro-me na extrema necessidade de aproveitar o que me resta: já avisei aos meus amigos em Petersburgo que providenciem imediatamente a venda da propriedade da qual recebi hipoteca; sabendo, porém, que o seu leviano padrasto gastou o dinheiro da senhorita, resolvi perdoar-lhe cinquenta mil francos e devolvo-lhe a parte da hipoteca correspondente a essa quantia, de modo que a senhorita pode receber agora de volta tudo o que perdeu, desde que exija dele esses bens por via judicial. Espero, *Mademoiselle*, que, em virtude da situação atual dos negócios, a minha conduta lhe seja muito vantajosa. Espero, outrossim, cumprir desse modo, integralmente, o dever de homem honesto e nobre. Esteja certa de que a sua lembrança ficou eternamente gravada em meu coração."

— Então, tudo isto está claro — disse eu, dirigindo-me a Polina. — Será possível que você podia esperar algo diferente? — acrescentei indignado.

— Eu não esperava nada — respondeu ela, aparentemente tranquila, mas com certo tremor na voz. — Há muito que resolvi tudo; eu lia-lhe os pensamentos e acabei sabendo o que ele pretendia. Julgou que eu estivesse procurando... que eu fosse insistir... (Ela deteve-se, mordeu o lábio e calou-se.) Intencionalmente, dupliquei o meu desprezo por ele — prosseguiu depois. — Esperei: o que viria dele? Se chegasse o telegrama sobre a herança, atirar-lhe-ia a dívida desse idiota (o meu padrasto) e o expulsaria! Ele me era há muito, há muito, odioso. Oh, não era o mesmo homem de antes, mil vezes diferente, e agora, e agora!... Oh, com que felicidade eu lhe atiraria agora no rosto ignóbil esses cinquenta mil, e lhe cuspiria... e ainda espalharia o cuspo!

— Mas o papel, esta hipoteca de cinquenta mil devolvida por ele, está com o general, não é verdade? Tome-a e devolva-a a Des Grieux.

— Oh, não é isso! Não é isso!...

— Sim, realmente, realmente, não é isso! E do que é capaz agora o general? E a avó? — exclamei de repente.

Polina olhou-me com certo ar distraído e impaciente.

— Para que a avó? — disse ela com despeito. — Eu não posso ir para a casa dela... E não quero pedir perdão a ninguém — acrescentou irritada.

— Que fazer? — gritei. — E como foi — caramba! — como foi que você pôde amar Des Grieux? Oh, patife, patife! Bem, vou matá-lo num duelo! Quer? Onde ele está agora?

— Está em Frankfurt, onde passará três dias.

— Uma só palavra sua, e partirei amanhã mesmo, com o primeiro trem! — disse eu, com um entusiasmo estúpido.

Ela riu.

— Pois sim! Ele é capaz de dizer ainda: "Em primeiro lugar, devolva-me cinquenta mil francos". E para que ele vai lutar?... Que absurdo!

— Bem, nesse caso, onde arranjar esses cinquenta mil francos — repeti, rangendo os dentes, como se fosse possível, de repente, levantar do chão aquele dinheiro. — Escute: e *Mister* Astley? — perguntei, sentindo um pensamento estranho germinar em mim.

Os olhos dela cintilaram.

— E então? *Tu mesmo* queres que eu te deixe por esse inglês? — disse, dirigindo-me um olhar penetrante e sorrindo com amargor. Era a primeira vez na vida que me tratava por *tu*.

Nesse momento, sua cabeça devia estar rodando de emoção; de repente, sentou-se no divã, como que esgotada.

Foi como se um raio me fulminasse; eu estava ali em pé, e não acreditava nos meus olhos, não acreditava nos meus ouvidos! E então? Quer dizer que ela me ama! Viera *ao meu quarto* e não ao de *Mister* Astley! Ela sozinha, uma moça, viera ao meu quarto, num hotel, comprometendo-se publicamente, e eu permanecia em pé diante dela, e ainda não compreendia!

Uma ideia absurda faiscou-me na cabeça.
— Polina! Concede-me apenas uma hora! Espera aqui uma hora somente e... eu voltarei! Isto... isto é indispensável! Vais ver! Fica aqui, fica aqui!

E saí do quarto correndo, sem responder ao olhar surpreso e interrogador que me dirigiu; gritou-me algo, mas não voltei.

Sim, às vezes, a ideia mais absurda, a mais impossível na aparência, fixa-se tão fortemente em nós que passamos a aceitá-la como algo realizável... Mais: se essa ideia se liga a um desejo intenso, apaixonado, aceitamo-la, por vezes, como algo fatal, indispensável, predestinado, como algo que não pode deixar de ser e de acontecer! É possível que haja nisso algo mais, alguma combinação de pressentimentos, algum extraordinário esforço da vontade, um envenenamento por meio da própria imaginação, ou mais ainda — não sei. Mas, nessa noite (que não esquecerei em toda a minha vida), aconteceu-me um fato milagroso. Embora ele seja confirmado plenamente pela aritmética, continuo a considerá-lo milagroso até hoje. E por que, sim, por que tal certeza estava tão profunda, tão intensamente enraizada em mim, e de tão longa data? Certamente, eu já pensava nisso — repito-o a vocês — não como um caso que pode acontecer como outros (sendo, por conseguinte, possível também a eventualidade contrária), mas como algo que não pode em hipótese alguma deixar de acontecer!

Eram dez e quinze; entrei no cassino, com uma esperança bastante firme e, ao mesmo tempo, com uma perturbação tal como jamais experimentara. Ainda havia muita gente nas salas de jogo, embora duas vezes menos que de manhã.

Depois das dez, ficam junto às mesas os jogadores autênticos, desesperados, para os quais, nas estações de águas, existe apenas a roleta; que ali vão unicamente por causa dela, mal notando o que se passa em torno; que não se interessam por nada em toda a estação, mas apenas jogam da manhã à noite, e que seriam provavelmente capazes de jogar a noite toda, até o amanhecer, se isso fosse permitido. É de mau humor que se dispersam quando, à meia-noite, se fecha a roleta. E quando, antes do fechamento, o primeiro crupiê anuncia: "*Les trois derniers coups, messieurs!*"[82] — eles estão prontos, às vezes, a arriscar nesses três últimos lances tudo o que têm nos bolsos, e, realmente, nesses momentos é que se costuma perder mais. Dirigi-me para a mesa onde estivera a avó. Não havia muito aperto, de modo que em bem pouco tempo ocupei um lugar, de pé. Bem na minha frente, sobre o pano verde, estava traçada a palavra: *passe*. *Passe* é uma fileira de números, desde dezenove, inclusive, até trinta e seis. A primeira fileira, de um a dezoito, inclusive, chama-se *manque*: mas, que me importava isso? Eu não fazia cálculos, ignorava mesmo o número em que recaíra o último lance, e não me informei sobre isso, ao começar o jogo, como faria um jogador que fosse, ao menos, um pouco calculista. Arranquei do bolso todos os meus vinte *friedrichsdors* e atirei-os sobre o *passe*, que estava na minha frente.

— *Vingt-deux!*[83] — gritou o crupiê.

Ganhei e, novamente, apostei tudo, o dinheiro anterior e o ganho.

— *Trente et un*[84] — gritou o crupiê. Novo ganho! Eu já estava com oitenta *friedrichsdors* ao todo! Empurrei-os para os doze números do meio (ganho triplo, mas duas chances contra mim); a roda girou e saiu o vinte e quatro. Puseram na minha frente três rolos de cinquenta *friedrichsdors* e dez moedas de ouro; tinha, ao todo, duzentos *friedrichsdors*.

Possuído de uma espécie de febre empurrei todo aquele monte de dinheiro sobre o vermelho — e, de repente, voltei

---

[82] "Os três últimos lances, senhores!". (N. do T.)

[83] "Vinte e dois!". (N. do T.)

[84] "Trinta e um". (N. do T.)

Um jogador

a mim! E uma única vez em toda aquela noite, enquanto durou o jogo, o frio do medo me perpassou o corpo e se refletiu num tremor das pernas e das mãos. Horrorizado, senti e tive instantaneamente consciência do que significava para mim, naquele instante, perder! Toda a minha vida estava em jogo ali!

— *Rouge!*[85] — gritou o crupiê. E eu cobrei alento: um formigamento de fogo percorreu-me o corpo. Pagaram-me em papel-moeda; eram, ao todo, quatro mil florins e oitenta *friedrichsdors*! (Então eu ainda era capaz de acompanhar as contas.)

Em seguida, estou lembrado, apostei dois mil florins, novamente sobre os doze números do meio, e perdi; apostei o meu ouro e os oitenta *friedrichsdors*, e tornei a perder. O furor tomou conta de mim: agarrei os últimos dois mil florins, que me sobravam, e coloquei-os sobre os doze primeiros números — de qualquer jeito, ao acaso, sem nenhum cálculo! Aliás, houve um instante de expectativa, semelhante talvez, pela impressão causada, àquela que tivera Mme. Blanchard, quando ela, em Paris, se precipitou do balão ao solo.[86]

— *Quatre!*[87] — gritou o crupiê. Ao todo, contando-se o lance anterior, fiquei novamente com seis mil florins. Ostentava já um ar de triunfo, não temia mais nada, nada, e atirei quatro mil florins sobre o preto. Umas nove pessoas apressaram-se, depois de mim, a apostar também no preto. Os crupiês entreolhavam-se, cochichavam. Em torno, havia gente conversando e esperando pelo resultado.

Saiu o preto. A partir daí, não lembro mais as contas, nem a ordem das minhas jogadas. Lembro-me apenas, como

---

[85] "Vermelho!". (N. do T.)

[86] Marie Blanchard (1778-1819), esposa de um dos primeiros aeronautas, morreu no incêndio de um balão. Todavia, não se precipitou ao solo, como diz o autor, mas sobre o telhado de uma casa. (N. do T.)

[87] "Quatro!". (N. do T.)

em sonho, de que cheguei a ganhar, parece, uns dezesseis mil florins; de repente, com três lances infelizes, deixei escapar doze mil; depois, empurrei os derradeiros quatro mil para o *passe* (mas, nessa ocasião, não estava mais sentindo quase nada; apenas esperava, maquinalmente, sem refletir), e tornei a ganhar; depois, ganhei mais quatro vezes seguidas. Tudo quanto posso recordar é que amontoava florins aos milhares; lembro-me também de que estavam saindo, com maior frequência que os demais números, os doze centrais, a que me aferrei. Apareciam de certo modo regular: invariavelmente, umas três ou quatro vezes seguidas, depois desapareciam por dois lances, e tornavam a aparecer três ou quatro vezes consecutivas. Esta surpreendente regularidade ocorre às vezes em faixas — e é isso justamente que deixa desconcertados os jogadores que anotam os lances e ficam fazendo cálculos de lápis na mão. E que terríveis ironias da sorte acontecem às vezes aqui!

Creio que decorrera, no máximo, meia hora desde a minha chegada. De repente, o crupiê comunicou-me que eu ganhara trinta mil florins e que, não se responsabilizando a banca, de cada vez, por quantia superior a esta, a roleta ficaria fechada até a manhã seguinte. Juntei todo o meu ouro, atulhei os bolsos, apanhei todas as cédulas, e, no mesmo instante, passei para outra sala, onde havia também uma roleta; a multidão seguiu-me, numa torrente; ali, imediatamente abriram lugar para mim, e eu me lancei a apostar novamente, ao acaso e sem cálculos. Não compreendo o que me salvou!

Aliás, às vezes, a ideia do cálculo passava-me velozmente pela cabeça. Aferrava-me a certos números e chances, mas logo os abandonava e tornava a apostar, quase inconsciente. Devia estar muito distraído; lembro-me de que os crupiês, em diversas ocasiões, corrigiram-me o jogo. Eu cometia erros grosseiros. Tinha as têmporas alagadas de suor e as mãos trêmulas. Pulavam também para perto de mim alguns polaquinhos, oferecendo-me os seus serviços, mas eu não ouvia ninguém. A boa estrela não me abandonava! De repente, ressoaram em volta conversas em voz alta e risos. "Bravo, bravo!" — gritavam todos, alguns até bateram palmas. Também ali arrebatei trinta mil florins, e a banca foi novamente fechada até o dia seguinte!

— Vá embora, vá embora — murmurou-me alguém à direita. Era não sei que judeu de Frankfurt; estivera o tempo todo ao meu lado, e, parece, ajudou-me às vezes no jogo.

— Vá embora, pelo amor de Deus! — murmurou outra voz, junto ao meu ouvido esquerdo. Lancei um olhar de relance. Era uma senhora vestida com muita modéstia e correção, tendo perto de trinta anos, cujo rosto fatigado, de certa palidez doentia, ainda lembrava uma anterior e magnífica beleza. Nesse momento, eu enchia os bolsos de notas, que simplesmente amassava, e reunia o ouro que sobrara sobre a mesa. Apanhando o último rolo de cinquenta *friedrichsdors*, consegui passá-lo, às ocultas, para as mãos da senhora pálida; senti uma vontade louca de fazer isso, e aqueles dedinhos finos, lembro-me, apertaram-me fortemente a mão, em sinal do mais vivo reconhecimento. Tudo isso aconteceu num átimo.

Tendo recolhido tudo, passei para o *trente et quarante*.

No *trente et quarante* senta-se um público aristocrático. Não é jogo de roleta, mas de cartas. Ali a banca responde por cem mil táleres de cada vez. A aposta maior é também de quatro mil florins. Eu não conhecia absolutamente o jogo e não estava a par de quase nenhum lance, fora o vermelho e o preto, que ali também havia. Foi justamente a eles que me agarrei. Todo o público do cassino se aglomerou em torno de mim. Não me lembro se, nessa ocasião, pensei uma vez sequer em Polina. Sentia então uma volúpia irresistível em agarrar e arrebanhar as cédulas, cujo monte aumentava diante de mim.

Realmente, dir-se-ia que o destino me impelia. Dessa feita, como que de propósito, ocorreu certo episódio, que, aliás, se repete frequentemente no jogo. Acontece ligar-se a sorte, por exemplo, ao vermelho e não o deixar umas dez, até quinze vezes seguidas. Eu ouvira dizer, ainda na antevéspera, que o vermelho saíra vinte vezes seguidas, na semana anterior; semelhante fato, na roleta, nem seria sequer lembrado, mas ali era narrado com espanto. Está claro que, numa ocorrência assim, todos abandonam imediatamente o vermelho e, depois de dez vezes, por exemplo, quase ninguém mais se decide a apostar nele. Mas nenhum jogador experiente aposta então também no preto, que fica em frente do vermelho. Um jogador experiente sabe o que significa o "capricho do acaso". Por exemplo, seria de esperar que, depois de dezesseis lances no vermelho, o décimo sétimo recaísse infalivelmente no preto. Os novatos lançam-se, em tropel, a essa espécie de jogo, duplicam e triplicam as paradas e sofrem perdas imensas.

Mas, por certo capricho estranho, tendo notado que o vermelho saíra sete vezes seguidas, aferrei-me a ele de propósito. Estou certo de que o amor-próprio foi em parte culpado dessa minha decisão; eu queria assombrar os espectadores com a minha louca temeridade, e — oh, estranha sensação! — estou lembrado nitidamente de que, sem qualquer incitação do amor-próprio, apoderou-se de mim uma ânsia terrível de risco. É possível que, tendo passado por tantas sensações, a alma não se satisfaça, mas apenas se irrite com elas e exija novas sensações, cada vez mais intensas, até ficar definitivamente extenuada. E, realmente, não estou mentindo: se o regulamento do jogo permitisse apostar de uma vez cinquenta mil florins, eu o faria, certamente. Em torno de mim, gritava-se que era uma loucura, que o vermelho já saíra pela décima quarta vez!

— *Monsieur a gagné déjà cent mille florins*[88] — ressoou uma voz ao meu lado.

Voltei a mim, de chofre. Como? Eu ganhara, naquela noite, cem mil florins! E para que precisava de mais? Atirei-

---

[88] "O senhor já ganhou cem mil florins". (N. do T.)

Um jogador

-me sobre as cédulas, enfiei-as no bolso, amassando-as e sem contar, arrebanhei todo o meu ouro, todos os rolos de moedas, e corri para fora do cassino. Em torno, quando eu atravessava as salas, todos riam, olhando para os meus bolsos atulhados e para o meu passo, irregular sob o peso de tanto ouro. Penso que devia pesar muito mais de meio *pud*.[89] Algumas mãos se estenderam para mim; distribuí ouro aos punhados. Dois judeus detiveram-me à saída.

— O senhor é corajoso! É muito corajoso! — disseram-me. — Mas parta amanhã de manhã, sem falta, o quanto antes, senão vai perder tudo, tudo...

Não os escutei. A alameda estava escura, não se enxergava um palmo à frente do nariz. Faltava perto de meia versta para chegar ao hotel. Nunca temi ladrões ou salteadores, nem mesmo em criança; e agora também não pensava neles. Aliás, não me lembro em que pensava, pelo caminho; tinha a cabeça oca. Sentia apenas certa delícia terrível — a embriaguez do sucesso, do triunfo, do poder — não sei como expressar-me. A imagem de Polina perpassava também diante de mim; lembrava-me e tinha consciência de que estava então indo para junto dela, encontrá-la-ia num instante, contaria tudo, mostraria... mas quase esquecera já as suas palavras, e por que fora eu ao cassino; e todas aquelas sensações recentes, que remontavam a hora e meia, quando muito, pareciam-me algo acontecido em tempos distantes, algo findo, envelhecido, superado, e que não valia a pena lembrar mais, porque tudo começaria novamente. Quase no fim da alameda, assaltou-me de súbito o temor: "E se eu for agora morto e roubado?". A cada passo, o meu medo duplicava. Eu corria, quase. De repente, no fim da alameda, todo o nosso hotel apareceu iluminado por inúmeras lâmpadas. Graças a Deus, em casa!

---

[89] *Pud*: medida russa de peso, correspondente a 16,38 kg. (N. do T.)

Cheguei correndo ao meu andar e abri bruscamente a porta. Polina estava ali, sentada no meu divã, diante da vela acesa, os braços cruzados. Olhou-me perplexa; sem dúvida, naquele instante eu devia ter um ar bem estranho. Detive-me diante dela e comecei a despejar sobre a mesa todo aquele monte de dinheiro.

XV

Lembro-me de que ela me fitava o rosto com uma fixidez terrível, mas sem se mover do lugar, não mudando sequer de posição.
— Ganhei duzentos mil francos! — exclamei, despejando o último rolo. O imenso monte de notas e rolos de moedas de ouro ocupou toda a mesa e eu não podia mais afastar os olhos dali; havia instantes em que me esquecia completamente de Polina. Ora me punha a arrumar aquelas pilhas de notas, juntando-as, ora reunia o ouro no montão comum; ou, então, deixava tudo e me punha a caminhar, pensativo, com passos rápidos, pelo quarto; depois, de súbito, aproximava-me novamente da mesa e contava o dinheiro mais uma vez. De repente, como se voltasse a mim, atirei-me em direção à porta e fechei-a depressa, dando duas voltas à chave. Em seguida, detive-me, pensativo, diante da minha maleta.
— Deixo isto na mala até amanhã? — perguntei, voltando-me de repente para Polina, lembrando-me de chofre da sua presença. Ela estava sentada no mesmo lugar, sempre sem se mover, mas observava-me com atenção. Era de certo modo estranha a expressão do seu rosto; uma expressão que me desagradou! Não me enganarei se disser que nela havia ódio.
Acerquei-me dela rapidamente.
— Polina, aqui estão vinte e cinco mil florins; isto significa cinquenta mil francos, mais até. Leve-os e atire-os amanhã no rosto dele.
Não me respondeu.

— Se quiser, eu mesmo vou levá-los amanhã de manhã, bem cedo. Está bem?

De repente, pôs-se a rir. Riu durante muito tempo.

Eu a olhava surpreso e com um sentimento de aflição. Aquele riso era muito parecido com outro, recente, muitas vezes repetido, a risada com que zombava de mim, e que lhe vinha sempre no decorrer das minhas mais arrebatadas declarações de amor. Finalmente, parou e tornou-se soturna; examinava-me com severidade, de soslaio.

— Não aceitarei o seu dinheiro — disse com desprezo.

— Como? Que é isso? — gritei. — Afinal, Polina, por quê?

— Não recebo dinheiro de graça.

— Ofereço-lhe como amigo; ofereço-lhe a minha vida.

Lançou-me um olhar prolongado, inquiridor, como se quisesse traspassar-me com ele.

— Você está pagando caro demais — disse ela com um sorriso. — A amante de Des Grieux não vale cinquenta mil francos.

— Polina, como pode falar assim comigo?! — exclamei com censura. — Sou acaso Des Grieux?

— Eu o odeio! Sim... sim!... Não o amo mais que a Des Grieux — gritou, de repente, os olhos dardejantes.

Nesse momento, escondeu de súbito o rosto entre as mãos, e foi tomada por um ataque de histeria. Lancei-me na sua direção.

Compreendi que algo lhe sucedera na minha ausência. Parecia completamente fora de si.

— Compra-me! Queres? Queres? Por cinquenta mil francos, como Des Grieux? — deixou escapar, entre soluços convulsivos. Eu a envolvi com os braços, beijava-lhe as mãos, os pés, caí de joelhos diante dela.

O ataque de histeria estava chegando ao fim. Pôs as mãos nos meus ombros e examinava-me fixamente; parecia querer ler algo no meu rosto. Escutava-me, mas, aparentemente, não ouvia as minhas palavras. Uma expressão preocupada e certo ar pensativo transpareciam-lhe no rosto. Eu tinha medo por ela; parecia-me realmente que o seu espírito se turvava. Em certos momentos, atraía-me docemente; um sorriso confiante espalhava-se então pelo seu rosto; de súbito, repelia-me e punha-se a prestar atenção em mim, o olhar novamente ensombrecido.

De repente, começou a abraçar-me.

— Tu me amas, me amas, não é verdade? — disse. — Bem que tu, bem que tu... querias lutar com o barão, por minha causa!

E, de súbito, soltou uma gargalhada, como se algo engraçado e agradável lhe tivesse ocorrido de repente. Chorava e ria, ao mesmo tempo. Que fazer? Eu próprio como que ardia em febre. Lembro-me de que ela começou a dizer-me algo, mas não pude compreender quase nada. Era não sei que delírio, uma espécie de balbucio — como se ela quisesse contar-me algo o mais rapidamente possível — um delírio interrompido às vezes com o riso mais alegre, e que estava começando a assustar-me.

— Não, não, és querido, querido! — repetia. — És muito fiel! — Punha-me novamente as mãos nos ombros, novamente fixava o olhar em mim e continuava repetindo: — Tu me amas... amas... Vais amar-me?

Eu não afastava dela os olhos; nunca a vira em tais acessos de ternura e amor; é verdade que, certamente, era um delírio, mas... notando o meu olhar apaixonado, ela começava de repente a sorrir com malícia; sem mais nem menos, punha-se de supetão a falar de *Mister* Astley.

Aliás, desviava incessantemente o assunto para *Mister* Astley (sobretudo, quando se esforçara, pouco antes, para contar-me algo), mas eu não podia apreender inteiramente o que ela pretendia dizer; parece até que se ria dele; repetia constantemente que ele permanecia à espera... que talvez eu ignorasse estar ele, com toda a certeza, debaixo da minha janela.

— Sim, sim, debaixo da janela. Ora, abre, olha, olha, está ali, ali!

E empurrava-me para a janela; mal eu esboçava, porém, um movimento, ela soltava uma gargalhada e eu me detinha a seu lado; então, atirava-se a mim e me abraçava.

— Nós vamos? Partiremos amanhã, não é verdade? — ocorria-lhe de repente, com inquietação. — Bem... (e ela ficava pensativa) bem, vamos alcançar a vovó, que achas? Creio que a alcançaremos em Berlim. Que dirá ela quando a alcançarmos e assim que nos vir? E *Mister* Astley?... Bem, este não se vai atirar do Schlangenberg, não achas? (Deu uma gargalhada.) Bem, escuta: sabes para onde ele viajará no próximo verão? Quer ir ao Polo Norte, para pesquisas científicas, e convidou-me a viajar com ele, ah, ah, ah! Diz que nós, os russos, sem os europeus, não sabemos nada, nem somos capazes de nada... Mas ele é bom também! Tu sabes, ele desculpa o general; diz que Blanche... que a paixão... bem, não sei, não sei — repetiu de repente, como que falando demais e perdendo o fio do que dizia. — Pobres que eles são, como tenho pena deles, e da vovó também... Bem, escuta, escuta, como vais matar Des Grieux? E é possível, é possível que realmente pensasses em matá-lo? Oh, tolo! Podias realmente pensar que eu te deixaria lutar com Des Grieux? E não matarás também o barão — acrescentou, rindo de chofre. — Oh, como estavas ridículo, naquele dia, com o barão! eu os observava, a ambos, do meu banco; e como relutaste, quando eu te mandei! Como ri então, como ri então! — acrescentou, entre gargalhadas.

E, de repente, tornava a beijar-me e a abraçar-me, e apertava de novo, terna e apaixonadamente, o seu rosto contra o meu. Eu não pensava em mais nada e nada mais ouvia. A cabeça girava-me.

Penso que eram quase sete da manhã, quando voltei a mim; o sol iluminava o quarto. Polina estava sentada ao meu lado e examinava tudo em torno, de modo estranho, como se estivesse saindo das trevas e coordenando as recordações. Ela também acabava de acordar e olhava fixamente para a mesa onde estava o dinheiro. A cabeça pesava-me e doía. Tentei segurar a mão de Polina; ela empurrou-me de repente e ergueu-se de um salto do divã. O dia nascente estava sombrio; chovera antes do amanhecer. Acercou-se da janela, abriu-a, pôs fora a cabeça e o peito e, apoiando-se nos braços, os cotovelos sobre a quina da janela, ficou assim uns três minutos, sem se voltar para mim e sem ouvir o que eu lhe dizia. Assustado, pensei: "O que será agora e como acabará isto?". De súbito, ergueu-se da janela, aproximou-se da mesa e, olhando-me com uma expressão de ódio infinito, os lábios trêmulos de raiva, disse-me:

— Bem, devolve-me agora os meus cinquenta mil francos!

— Novamente, Polina, novamente! — comecei.

— Ou mudaste de ideia? Ah, ah, ah! Talvez já estejas lastimando?

Estavam sobre a mesa vinte e cinco mil florins, contados ainda na véspera; apanhei-os, entregando-os a Polina.

— Agora já são meus, não é mesmo? Estamos entendidos, não é verdade? — perguntou-me ela raivosa, segurando o dinheiro.

— Sempre foram teus — disse eu.

— Pois bem, aqui tens os teus cinquenta mil francos! — sacudiu o braço e jogou-os contra mim. O maço bateu-me dolorosamente no rosto e espalhou-se no chão. Feito isso, Polina precipitou-se para fora do quarto.

Eu sei, naturalmente, que, naquele momento, ela não estava em seu juízo perfeito, embora eu não compreenda esse desvario passageiro. É verdade que até hoje, um mês depois, ela ainda está doente. Qual foi, no entanto, a causa de semelhante estado e, sobretudo, daquele disparatado gesto? Orgulho ofendido? Desespero pelo fato de se ter decidido a vir até o meu quarto? Ter-lhe-ia eu dado a impressão de que me envaidecia da minha felicidade e de que, do mesmo modo que

Des Grieux, queria na realidade livrar-me dela, presenteando-a com cinquenta mil francos? Mas não houve nada disso, diz-me a consciência. Creio que o acontecido deveu-se, em parte, à sua vaidade: foi a vaidade que a levou a não acreditar em mim e a ofender-me, embora ela própria, Polina, talvez sentisse tudo isso de modo vago e impreciso. Nesse caso, eu, naturalmente, paguei por Des Grieux e tornei-me culpado, talvez, mas sem grande culpa. É verdade que tudo aquilo não passava de delírio; é verdade, também, que eu sabia que ela delirava e... que não dei atenção a esta circunstância. Será que agora ela não me perdoará isso? Sim, agora; mas, e naquela noite, naquela noite? Certamente, o seu delírio e a sua doença não eram de tal modo intensos que ela não se desse nenhuma conta do que fazia, quando foi ao meu quarto com a carta de Des Grieux. Logo, sabia o que estava fazendo.

Apressadamente e de qualquer jeito, joguei todas as minhas notas e o monte de ouro sobre a cama, cobri tudo e saí do quarto, uns dez minutos depois de Polina. Estava certo de que ela correra para o seu quarto e quis esgueirar-me até o apartamento deles e interrogar a babá, na saleta de entrada, sobre a saúde da senhorita. Qual não foi, porém, a minha surpresa quando, encontrando na escada a babá, esta me disse que Polina ainda não voltara e que ia até procurá-la no meu quarto.

— Acaba de sair de lá — disse eu — faz uns dez minutos. Aonde poderia ter ido?

A babá dirigiu-me um olhar de censura.

Enquanto isso, a notícia do ocorrido já estava circulando pelo hotel. No aposento dos criados e na sala do *Oberkellner* murmurava-se que, às seis da manhã, a *Fräulein*[90] saíra do hotel, debaixo de chuva, e correra em direção do Hôtel d'Angleterre. Pelas palavras e alusões deles, percebi que já sabiam ter ela passado a noite no meu quarto. Aliás, já se

---

[90] "Senhorita, moça". Em alemão no original. (N. do T.)

faziam comentários a respeito de toda a família do general: soube-se que, na véspera, ele delirara e chorara de modo tal que todo o hotel ouvira. Dizia-se também que a avó era mãe dele, vinda da Rússia exclusivamente para impedir o casamento do filho com Mlle. de Cominges, e deserdá-lo em caso de desobediência; e, como ele realmente lhe desobedecesse, a condessa perdera de propósito, sob as vistas dele, todo o seu dinheiro na roleta, para que, desse modo, o general já não recebesse nada. "*Diese Russen!*"[91] — repetia o *Oberkellner*, balançando a cabeça com indignação. Outros riam. O *Oberkellner* preparava a conta. Já se sabia do meu ganho; Karl, o criado de serviço no meu pavimento, foi o primeiro a felicitar-me. Mas eu tinha mais em que pensar. Corri para o Hôtel d'Angleterre.

Era cedo ainda; *Mister* Astley não recebia ninguém; ao saber, porém, que era eu, saiu para o corredor e parou na minha frente, e, em silêncio, fixou-me com o seu olhar de chumbo, à espera do que eu dissesse. Interroguei-o imediatamente sobre Polina.

— Está doente — respondeu *Mister* Astley, continuando a olhar-me fixamente.

— Quer dizer que ela está realmente no seu apartamento?

— Oh, sim, está comigo.

— Nesse caso, o senhor... o senhor pretende conservá-la consigo?

— Oh, sim, pretendo.

— Isso provocará escândalo, *Mister* Astley; não se pode fazer isso. Além disso, ela está muito doente; o senhor notou?

— Oh, sim, eu notei e já disse ao senhor que ela está doente. Se não fosse essa doença, ela não teria passado a noite no quarto do senhor.

— Quer dizer que o senhor sabe disso, também?

— Sim, sei disso. Ela vinha para cá, ontem, e eu a teria

---

[91] "Esses russos!". Em alemão no original. (N. do T.)

Um jogador

levado para junto de uma parenta; mas, como estava doente, enganou-se e foi ter com o senhor.

— Quem diria! Bem, felicito-o, *Mister* Astley. A propósito, acaba de me sugerir uma ideia: não passou o senhor toda a noite parado sob a minha janela? *Miss* Polina obrigou-me a noite inteira a abri-la e verificar se o senhor não estava embaixo, e ria muito.

— Será possível? Não, não fiquei embaixo da sua janela; mas esperei no corredor e caminhei pelas redondezas.

— Mas é preciso tratá-la, *Mister* Astley.

— Oh, sim, já chamei o médico, e, se ela morrer, o senhor me prestará contas da sua morte.

Fiquei surpreso.

— Perdão, *Mister* Astley: o que pretende o senhor?

— É verdade que o senhor ganhou, ontem, duzentos mil táleres?

— Ao todo, cem mil florins apenas.

— Está aí! Parta então para Paris, hoje de manhã.

— Para quê?

— Todos os russos, quando têm dinheiro, vão a Paris — explicou *Mister* Astley, com um tom de voz de quem estivesse lendo num livro.

— E que vou fazer em Paris, agora no verão? Eu a amo, *Mister* Astley! O senhor mesmo sabe disso.

— Será? Estou convencido do contrário. Além disso, ficando aqui, o senhor, certamente, perderá tudo e não terá com que viajar a Paris. Mas, adeus, estou plenamente convencido de que o senhor viajará hoje a Paris.

— Está bem, adeus, mas eu não irei a Paris. Pense, *Mister* Astley, sobre o que sucederá agora ao nosso grupo. Numa palavra, o general... e agora, esta aventura com *Miss* Polina; a notícia se espalhará por toda a cidade.

— Sim, por toda a cidade; quanto ao general, creio que não se preocupa com isso; tem mais em que pensar. Ademais, *Miss* Polina tem pleno direito de viver onde quiser. No que se refere a esta família, pode-se dizer com exatidão que não existe mais.

Enquanto caminhava, ria-me da estranha certeza que tinha aquele inglês, de que eu viajaria a Paris. "Contudo, ele quer matar-me a tiro, num duelo — pensei — se *Mademoiselle* Polina morrer... Isto é que se chama um caso!" Juro que eu tinha pena de Polina, mas, fato curioso, a partir do momento em que, na véspera, me encostara à mesa de jogo e começara a arrebanhar os maços de notas, o meu amor passara como que para um segundo plano. Digo isto agora; mas, naquela ocasião, eu ainda não percebia tudo isso claramente. Será que sou mesmo um jogador? Será que realmente... amei Polina de modo tão estranho? Não, eu a amo até hoje, Deus é testemunha! E quando eu saí do hotel de *Mister* Astley, de regresso a meu quarto, sofria sinceramente e acusava-me. Mas... mas, então, deu-se comigo um episódio muito estúpido e estranho.

Dirigia-me apressadamente para o apartamento do general, quando, ali perto, abriu-se uma porta e alguém me chamou. Era *Mme. veuve* Cominges, que me chamava a mando de *Mlle.* Blanche. Entrei.

Elas ocupavam dois quartos. Ouviam-se, do quarto de dormir, os risos e gritos de *Mlle.* Blanche. Estava-se levantando.

— *Ah, c'est lui!! Viens donc, bêta!* É verdade *que tu as gagné une montagne d'or et d'argent? J'aimerais mieux l'or.*[92]

— Ganhei — respondi rindo.

— Quanto?

— Cem mil florins.

— *Bibi, comme tu es bête.* Mas entra aqui, eu não estou ouvindo nada. *Nous ferons bombance, n'est ce pas?*[93]

---

[92] "Ah, é ele! Vem cá, boboca! [...] que tu ganhaste uma montanha de ouro e prata? Eu preferiria o ouro". (N. do T.)

[93] "Como és tolo, Bibi! [...] Vamos farrear, não é verdade?". (N. do T.)

Entrei no quarto dela. Estava à vontade, deitada sob uma colcha de cetim cor-de-rosa, de onde emergiam uns ombros morenos, sadios, admiráveis, desses que se veem somente em sonho, mal cobertos com uma camisola de cambraia, ornada de rendas alvíssimas e que combinava admiravelmente com a sua pele morena.

— *Mon fils, as-tu du coeur?* — exclamou ela, vendo-me, e soltou uma gargalhada. Ria sempre com muita alegria e, às vezes, até com sinceridade.

— *Tout autre...* — comecei, parafraseando Corneille.[94]

— Olha, *vois-tu* — pôs-se ela de repente a tagarelar — em primeiro lugar, procura as minhas meias e ajuda-me a calçá-las, e, em segundo, *si tu n'es pas trop bête, je te prends à Paris*.[95] Sabes? Vou partir daqui a pouco.

— Daqui a pouco?

— Dentro de meia hora.

Realmente, estava tudo arrumado. Achavam-se ali, prontas, todas as suas malas e pertences. O café já fora servido havia muito.

— *Eh bien!* Queres? *Tu verras Paris. Dis donc qu'est ce que c'est qu'un outchitel? Tu étais bien bête, quand tu étais outchitel.*[96] Mas, onde estão as minhas meias? Calça-as, homem!

Estendeu-me um pezinho realmente encantador, moreno, miúdo, mas não deformado como quase todos esses pezinhos que parecem tão gentis dentro dos sapatos. Comecei

---

[94] "És corajoso, meu filho? [...] Um outro...". Palavras de personagens de *Cid*, tragédia de Corneille. A alusão a Corneille constitui paródia evidente a um episódio de *Manon Lescaut* (Observação do anotador da edição russa das *Obras reunidas* de Dostoiévski). (N. do T.)

[95] "vê [...] se não és demasiadamente estúpido, levo-te a Paris". (N. do T.)

[96] "Então! [...] Verás Paris. Conta-me o que é um *utchítiel* (em russo, professor primário ou secundário). Eras bem tolo, quando eras *utchítiel*". (N. do T.)

a rir e pus-me a calçar-lhe a meinha de seda. Enquanto isso, *Mlle.* Blanche, sentada na cama, tagarelava sem parar.

— *Eh bien, que feras-tu, si je te prends avec?* Em primeiro lugar, *je veux cinquante mille francs.* Você os dará em Frankfurt. *Nous allons à Paris*; lá, vamos viver juntos, *et je te ferai voir des étoiles en plein jour.*[97] Vais ver mulheres como nunca viste. Escuta...

— Espera! Vou entregar-te assim cinquenta mil francos, e que me ficará então?

— *Et cent cinquante mille francs*, já esqueceste? Além disso, concordo em viver no teu apartamento um mês, dois, *que sais-je*! Naturalmente, vamos gastar em dois meses esses cento e cinquenta mil francos. Estás vendo? *Je suis bonne enfant*,[98] digo-te isto desde já; *mais tu verras des étoiles.*

— Como? Tudo em dois meses?

— Ora, como! Isso te deixa horrorizado? Ah! *vil esclave!* Mas não sabes que um mês de vida assim é melhor que toda a tua existência? Um mês — *et après le déluge! Mais tu ne peux comprendre, va!* Anda, vai embora, vai embora, não mereces isso! Ai, *que fais-tu?*[99]

Naquele momento, eu estava calçando a outra meia, mas não pude conter-me e beijei-lhe o pezinho. Retirou-o violentamente e pôs-se a bater-me no rosto com a pontinha do pé. Finalmente, mandou-me embora de uma vez.

— *Eh bien, mon outchitel, je t'attends, si tu veux*;[100] vou partir daqui a um quarto de hora! — gritou-me ela.

[97] "Pois bem, o que farás, se te levo comigo? [...] quero cinquenta mil francos [...] Vamos a Paris [...] e eu te farei ver estrelas em pleno dia". (N. do T.)

[98] "E cento e cinquenta mil francos [...] que sei eu! [...] Sou boa menina [...] mas tu verás estrelas". (N. do T.)

[99] "e depois, o dilúvio! Mas tu não podes compreender, anda! [...] o que fazes?". (N. do T.)

[100] "Pois bem, meu *utchítiel*, eu te espero, se queres". (N. do T.)

Ao voltar a meu quarto, sentia-me tonto, como se tivesse rodado muito. Eu não tinha culpa se *Mlle*. Polina me atirara à cara um maço de notas e, ainda na véspera, preferira *Mister* Astley, ora essa! Algumas dessas notas achavam-se ainda espalhadas pelo chão; apanhei-as; nesse instante, abriu-se a porta e apareceu o *Oberkellner* em pessoa (antes, não queria sequer olhar para mim), com um convite: não queria eu mudar-me para baixo, para o excelente apartamento em que ainda há pouco estivera hospedado o Conde V.?

Fiquei refletindo, imóvel.

— A conta! — gritei. — Vou partir agora, daqui a dez minutos. — "Se é para ir a Paris, então vamos de uma vez! — pensei. — Sem dúvida, estava escrito!"

Um quarto de hora depois, viajávamos realmente os três num compartimento reservado: eu, *Mlle*. Blanche e *Mme. veuve* Cominges. Olhando-me, *Mlle*. Blanche soltava gargalhadas que raiavam pela histeria. *Veuve* Cominges fazia o mesmo; não posso dizer que me sentisse alegre. Minha vida rompia-se em duas, mas, a partir da véspera, acostumara-me a apostar tudo numa jogada. Talvez fosse realmente verdade que eu não suportara o dinheiro e perdera a cabeça. *Peut--être, je ne demandais pas mieux.*[101] Tinha a impressão de que os cenários eram substituídos provisoriamente apenas. "Mas eu estarei aqui dentro de um mês, e então... então ainda nos defrontaremos, *Mister* Astley!" Não, conforme lembro agora, mesmo então eu sentia uma terrível tristeza, embora risse a mais não poder com essa bobinha da Blanche.

— Mas, o que queres?! Como és estúpido! Oh, como és estúpido! — dizia Blanche soltando gritinhos e interrompendo a risada para começar a invectivar-me seriamente. — Ora bem, ora bem, vamos gastar os teus duzentos mil francos, *mais tu seras heureux comme un petit roi*;[102] em compen-

---

[101] "Talvez eu não pedisse coisa melhor". (N. do T.)

[102] "mas tu serás feliz como um reizinho". (N. do T.)

sação, eu mesma vou fazer-te o laço de gravata e apresentar-te a Hortense. E quando tivermos gasto o nosso dinheiro, virás de novo aqui e, mais uma vez, vais rebentar a banca. O que te disseram os judeus? O principal é a coragem, e tu a tens, e ainda mais de uma vez hás de me levar dinheiro a Paris. *Quant à moi, je veux cinquante mille francs de rente et alors...*[103]

— E o general? — perguntei-lhe.

— O general, tu mesmo sabes, vai diariamente, a esta hora, procurar um buquê para mim. Desta vez, de propósito, ordenei-lhe que arranjasse as flores mais raras. O coitado, quando voltar, verá que o passarinho bateu as asas. Há de voar atrás de nós, vais ver. Ah, ah, ah! Ficarei muito contente. Em Paris, ele me será útil; *Mister* Astley há de pagar a conta dele aqui...

Aí está como parti então para Paris.

---

[103] "Quanto a mim, quero cinquenta mil francos de renda, e então...". (N. do T.)

XVI

Que dizer de minha estada em Paris? Foi, certamente, delírio e extravagância. Vivi em Paris apenas pouco mais de três semanas, e, nesse prazo, deu-se totalmente cabo dos meus cem mil francos. Falo apenas de cem mil; os cem mil restantes eu os dei a *Mlle*. Blanche em dinheiro sonante: cinquenta mil em Frankfurt e os outros cinquenta mil em Paris, três dias depois, em forma de nota promissória, pela qual, no entanto, também lhe dei dinheiro, uma semana depois, "*et les cent mille francs qui nous restent, tu les mangeras avec moi, mon outchitel*".[104] Ela me chamava constantemente de *utchítiel*. É difícil imaginar no mundo algo mais calculista, avarento e mesquinho que as pessoas da categoria de *Mlle*. Blanche. Mas isso no que se refere a seu próprio dinheiro. Quanto aos meus cem mil francos, declarou-me ela depois, com toda simplicidade, que necessitava deles para a sua instalação em Paris. "Agora situei-me de uma vez por todas num nível digno, e, por muito tempo, ninguém me desbancará dessa posição. Pelo menos, tomei providências neste sentido", acrescentou.

Aliás, eu quase não vi a cor daqueles cem mil; o dinheiro ficava sempre com ela, e, no meu porta-níqueis, que ela própria examinava diariamente, nunca havia mais de cem francos, mas quase sempre menos.

---

[104] "e, quanto aos cem mil francos que nos restam, vais comê-los comigo, meu *utchítiel*". (N. do T.)

— Ora, para que você precisa de dinheiro? — dizia ela, às vezes, com o ar mais inocente; e eu não discutia.

Em compensação, com aquele dinheiro ela ajeitou bem razoavelmente o seu apartamento e, quando me conduziu depois para a minha nova morada, mostrou-me os quartos, dizendo:

— Veja o que se pode fazer com economia e bom gosto, mesmo com recursos realmente miseráveis.

Essa miséria, porém, custara exatamente cinquenta mil francos. Com os cinquenta mil restantes, ela adquiriu uma carruagem e cavalos, e, além disso, demos dois bailes, isto é, duas reuniões à noite, aos quais compareceram Hortense, Lisette, Cléopâtre, mulheres admiráveis em muitos e muitos sentidos e, mesmo, nada feias. Nessas duas reuniões, fui forçado a desempenhar o papel bem estúpido de anfitrião, a receber e distrair comerciantezinhos enriquecidos e imbecis, de uma ignorância e falta de vergonha inconcebíveis, toda espécie de tenentes, lastimáveis autorezinhos e pobres escribas de jornal, que chegaram todos em seus fraques da moda, com luvas cor de palha, e com um amor-próprio e uma arrogância que seriam simplesmente inconcebíveis mesmo em nossa Petersburgo — e isso já é bastante significativo. Deu-lhes até na veneta zombar de mim, mas eu embebedei-me com champanhe e fui estirar-me no quarto dos fundos. Tudo isso era para mim extremamente abominável.

— *C'est un outchitel* — dizia de mim Blanche — *il a gagné deux cent mille francs*,[105] e, sem mim, não saberia como gastá-los. Depois, vai empregar-se novamente como *outchitel*; ninguém sabe de um emprego? É preciso fazer alguma coisa por ele.

Comecei a recorrer com demasiada frequência ao champanhe, porque estava sempre muito triste e caceteado ao ex-

---

[105] "É um *utchítiel*, ganhou duzentos mil francos". (N. do T.)

tremo. Vivia no meio mais burguês e mercantil, onde cada *sou*[106] era contado e recontado. Blanche tinha por mim profundo desamor, nas duas primeiras semanas percebi isso; é verdade que me vestia com ostentação e me fazia, pessoalmente, todos os dias, o laço da gravata, mas, no íntimo, votava-me um sincero desprezo, ao que eu não prestava a menor atenção. Triste e melancólico, comecei a frequentar o *Château des Fleurs*,[107] onde, todas as noites, regularmente, me embebedava e aprendia o cancã (dançado ali da maneira mais horrível), chegando a adquirir, mesmo, fama no gênero. Finalmente, Blanche me decifrou: ela formara, anteriormente, de certo modo, a ideia de que, enquanto durasse a nossa vida em comum, eu haveria de andar atrás dela de papelzinho e lápis na mão, sempre a contar quanto ela gastara, quanto roubara e quanto gastaria e roubaria ainda. E, naturalmente, estava certa de que batalharíamos a propósito de cada dez francos. E, para cada ataque meu previsto por ela com antecedência, preparou de antemão uma réplica; mas, não vendo surgir qualquer investida de minha parte, pôs-se a princípio a retrucar sozinha. De vez em quando começava a falar com grande ardor; porém, vendo que eu permanecia calado — o mais das vezes, estirado no divã e olhando, imóvel, para o teto — chegava, por fim, a ficar surpresa. No início, julgava que eu fosse simplesmente estúpido, *"un outchitel"*, e interrompia bruscamente as suas explicações, pensando talvez: "Não passa de um estúpido; não há motivo para indicar-lhe a pista, se não compreende sozinho". E lá se ia ela, para voltar uns dez minutos depois. Isso acontecia quando fazia as mais extravagantes despesas, completamente acima das nossas posses: um dia, por exemplo, trocou os seus cavalos e comprou uma nova parelha por dezesseis mil francos.

---

[106] Moeda correspondente à vigésima parte do franco. (N. do T.)
[107] "Castelo das Flores", um café muito famoso. (N. do T.)

— Bem, e então, Bibi, não estás zangado? — começou ela, aproximando-se de mim.

— Na-a-ão! Estou enjoa-a-do de você! — disse eu, afastando-a com o braço, mas isso lhe parecia tão curioso que imediatamente se sentou a meu lado:

— Sabes? Se me decidi a pagar tanto, foi porque eram vendidos a preço de ocasião. Podem ser revendidos por vinte mil francos.

— Acredito, acredito; os cavalos são magníficos; e agora, estás bem equipada para sair; isso vai ser útil um dia; bem, chega.

— Então, não está zangado?

— E por quê? É inteligente da tua parte procurar adquirir algumas coisas que te são indispensáveis. Tudo isso há de ser útil mais tarde. Estou vendo que tens realmente necessidade de te colocares nesse nível; de outro modo, não se chega a ter um milhão. No caso, os nossos cem mil francos são apenas um início, uma gota no mar.

Blanche esperava tudo de mim, menos semelhantes reflexões (em lugar de gritos e censuras!); foi como se caísse do céu.

— Quer dizer que... que tu és assim! *Mais tu as l'esprit pour comprendre! Sais-tu, mon garçon,*[108] embora sejas mesmo um *outchitel*, devias ter nascido um príncipe! Então, não lamentas que o nosso dinheiro se gaste depressa?

— Ora, quanto antes, melhor!

— *Mais... sais-tu... mais dis donc,* és acaso rico? *Mais sais-tu*, desprezas demasiadamente o dinheiro. *Qu'est-ce que tu feras après, dis donc?*[109]

---

[108] "Mas és esperto o bastante para compreender! Sabes, meu menino...". (N. do T.)

[109] "Mas... sabes!... diga [...] Mas sabes? O que vais fazer depois, diga?". (N. do T.)

— *Après*, viajarei para Homburgo e ganharei outros cem mil francos.

— *Oui, oui, c'est ça, c'est magnifique!* E eu sei que hás de ganhá-los sem falta e que os trarás para cá. *Dis donc*, acabarás fazendo com que eu te ame de verdade. *Eh bien*, por seres assim, vou amar-te todo este tempo e não te farei nenhuma infidelidade. Sabes? Até agora, embora não te amasse, *parce que je croyais que tu n'est qu'un outchitel (quelque chose comme un laquais, n'est-ce pas?*), apesar de tudo, conservei-me fiel a ti, *parce que je suis bonne fille.*[110]

— Ora, conta isso a outro! E com Alberto, aquele oficialzinho puxado a escuro? Então eu não vi, da outra vez?

— *Oh, oh, mais tu es...*[111]

— Ora, mentira, mentira. E pensas que estou zangado com isso? Pouco me importa; *il faut que jeunesse se passe.*[112] Não há motivo para que o mandes embora, se era teu antes de mim e se o amas. Apenas, não lhe dê dinheiro, está ouvindo?

— Então, não estás zangado por isso também? *Mais tu es un vrai philosophe, sais-tu? Un vrai philosophe!* — gritou, com arrebatamento. — *Eh, bien, je t'aimerai, je t'aimerai — tu verras, tu seras content!*[113]

E, realmente, a partir de então, ela pareceu ligar-se de fato a mim, até com amizade, e assim decorreram os nossos últimos dez dias. Não vi as prometidas "estrelas"; mas, em certo sentido, ela cumpriu realmente a palavra. Além disso, apresentou-me a Hortense, mulher até extremamente admi-

---

[110] "Sim, sim, é isso, é magnífico! [...] Diga então [...] Pois bem [...] porque eu acreditava que você não era mais que um *utchítiel* (uma espécie de lacaio, não é verdade?) [...] porque sou boa menina". (N. do T.)

[111] "Oh, oh, mas tu és...". (N. do T.)

[112] "É preciso viver a mocidade". (N. do T.)

[113] "Mas tu és um verdadeiro filósofo, sabes? Um verdadeiro filósofo! [...] Pois bem, vou amar-te, vou amar-te — verás, e hás de ficar contente!". (N. do T.)

rável no seu gênero, e que era chamada, na nossa roda, de *Thérèse-philosophe*...[114]

Aliás, não é justo estender-me sobre o assunto; tudo isso poderia formar uma narrativa à parte, com um matiz peculiar que não quero introduzir neste relato. O caso está em que eu desejava ardentemente que o episódio terminasse o quanto antes. Mas os nossos cem mil francos foram suficientes, conforme já disse, para quase um mês, o que me deixou sinceramente surpreso: Blanche comprou coisas para si pelo menos no valor de oitenta mil; portanto, não gastamos mais de vinte mil francos, e... apesar de tudo, isso bastou. Blanche, que, por fim, já era quase sincera comigo (pelo menos, dizia algumas coisas que não eram mentira), confessou-me que, em todo caso, não recairiam sobre mim dívidas que ela era forçada a contrair.

"Não te dei para assinar faturas e notas promissórias — dizia-me — porque tinha pena de ti; outra teria feito isso e te mandaria para a prisão. Está vendo, está vendo como eu te amei e como sou bondosa! Só este casamento dos diabos quanto não me custará!"

Realmente, houve um casamento em nossa casa. Foi celebrado já bem no fim do nosso mês, e deve-se supor que se consumiram nele os últimos níqueis dos meus cem mil francos; e o caso terminou assim, isto é, foi desse modo que se encerrou o nosso mês; em seguida, aposentei-me formalmente.

Eis como a coisa se deu: uma semana após a nossa instalação em Paris, chegou o general. Veio diretamente à procura de Blanche e, desde a primeira visita, quase ficou morando conosco. É verdade que tinha em alguma parte um pequeno apartamento. Blanche recebeu-o alegremente, com gargalhadas e gritinhos, e pôs-se até a abraçá-lo; as coisas correram

---

[114] Alusão ao romance licencioso *Thérèse-philosophe* ou *Mémoire pour servir à l'Histoire de D. Dirray et de Mlle. Erodice la Haye*, 1748, cuja autoria foi atribuída a Montigny ou ao Marquês J. B. d'Argens. (N. do T.)

de tal modo que ela é que não o deixava afastar-se de si, e ele teve de acompanhá-la a toda parte: ao bulevar, aos passeios, ao teatro, às visitas. O general ainda servia para semelhante utilização; era bastante imponente e apresentável: estatura quase elevada, suíças pintadas, bigodões (servira no corpo de couraceiros) e um rosto vistoso, embora algo flácido. Tinha excelentes maneiras e usava o fraque com muito jeito. Em Paris, começou a ostentar as suas condecorações. Andar pelo bulevar, em semelhante companhia, era não apenas possível, mas, se se admite uma expressão assim, até *recomendável*. O bondoso e parvo general estava extremamente satisfeito; ele, de forma nenhuma, contava com tanto quando apareceu em nosso apartamento, após sua chegada a Paris. Viera quase trêmulo de medo; pensava que Blanche fosse gritar e ordenar que o tocassem para fora; assim, encheu-se de júbilo vendo as coisas assumirem semelhante aspecto, e passou o mês inteiro numa espécie de inconsciente beatitude, e foi nesse estado que o deixei. Fiquei sabendo, com minúcias, que, após a nossa partida brusca de Roletenburgo, ele tivera no mesmo dia, de manhã, uma espécie de ataque. Perdeu os sentidos e, depois, durante a semana inteira, permanecera como quase louco e delirava. Estava em tratamento quando, de repente, abandonou tudo, sentou-se num vagão e rodou para Paris. Naturalmente, a recepção que lhe fez Blanche constituiu para ele o melhor remédio; mas sinais da doença subsistiram por muito tempo ainda, apesar da condição alegre, de êxtase, em que se encontrava. Era-lhe absolutamente impossível raciocinar ou mesmo participar de qualquer conversa um pouco mais séria; nessas ocasiões, limitava-se a acrescentar "hum!" a cada palavra e balançava a cabeça. Ria com frequência, mas seu riso era nervoso, mórbido, aos arrancos; outras vezes, ficava horas inteiras sentado, sombrio como a noite, franzindo as densas sobrancelhas. Perdera por completo a memória de muitas coisas; tornou-se escandalosamente distraído e adquiriu o hábito de falar sozinho. Somente Blanche era capaz de o animar; aliás, os acessos deste seu estado sombrio, taciturno, quando se encolhia a um canto, significavam apenas que desde muito não via Blanche, ou que esta saíra de casa sem levá-lo consigo, ou, ainda, que não o acarinhara ao sair. Ele mesmo seria incapaz de dizer o que queria, e ignorava que estivesse sombrio e triste. Depois de permanecer sentado uma a duas horas (notei isso umas duas vezes, quando Blanche se ausentava o dia todo, provavelmente para ir à casa de Alberto), ele começava de repente a olhar em torno, a agitar-se, a virar a cabeça dum lado para outro, como que procurando lembrar algo e encontrar alguém; porém, não vendo ninguém nem conseguindo lembrar o que queria perguntar, caía de novo em seu ensimesmamento, até que Blanche tornasse a aparecer, alegre, despachada, elegante, com o seu riso sonoro; chegava correndo até ele, punha-se a sacudi-lo e até o beijava, graça que raramente lhe concedia. Uma vez o general alegrou-se a tal ponto com a chegada de Blanche que chegou a chorar, fato que me deixou pasmo.

Desde que o general apareceu em nosso apartamento, Blanche começou a advogar em favor dele perante mim. Tornou-se até loquaz; lembrou que, por mim, traíra o general; que fora quase noiva dele e já lhe prometera a mão; que, por causa dela, o general abandonara a família e que, além disso, eu estivera a serviço dele, fato que deveria ter presente sempre, e que... como não me envergonhava?... Eu mantinha-me calado, enquanto ela tagarelava terrivelmente. Afinal, soltei uma gargalhada, e assim terminou o caso, isto é, a princípio ela me julgou um tolo, mas, finalmente, curvou-se à ideia de que eu era uma pessoa muito boa e jeitosa. Em suma, tive a sorte de merecer, por fim, decisiva e completa benevolência dessa digna moça. (Aliás, Blanche era na verdade moça boníssima — mas de uma espécie peculiar, naturalmente; a princípio, não a apreciei assim.)

— Você é uma pessoa bondosa e inteligente — dizia-me ela ultimamente — e... e... é lamentável, apenas, que sejas tão tolo! Nunca vai juntar nenhum dinheiro, absolutamente nenhum! *Un vrai russe, un calmouk!*[115]

Algumas vezes, ordenou-me que levasse o general a passeio, como se manda um criado levar a cadela galga. Aliás, levei-o também ao teatro, ao *Bal-Mabille*, aos restaurantes. Blanche fornecia dinheiro para isso, embora o general tivesse recursos próprios e gostasse muito de tirar a carteira em público. Uma vez, quase precisei usar de violência, para impedi-lo de comprar, no *Palais Royal*, um brochinho de setecentos francos, que o deixara encantado, e com o qual queria a todo custo presentear Blanche. Ora, que significava para ela um brochinho de setecentos francos? E o general, ao todo, não tinha mais de mil. Nunca pude saber onde os arranjara. Suponho que com *Mister* Astley, tanto mais que este pagara a conta deles no hotel. Quanto à impressão do general a meu respeito, creio que não desconfiava sequer das minhas relações com Blanche. Embora tivesse ouvido vagamente falar que eu ganhara uma quantia apreciável, supunha certamente que Blanche me mantinha junto de si como uma espécie de secretário doméstico ou — quem sabe? — um criado. Pelo menos, falava comigo sempre com a altivez de antes, como um superior hierárquico, e algumas vezes chegou a passar-me descompostura. Um dia, fez-nos rir muito, a Blanche e a mim, durante o café matinal, em nossa casa. Era homem de poucos melindres, mas, de repente, ofendeu-se comigo. Até hoje não compreendo por quê. E ele próprio, naturalmente, também não sabia a causa. Numa palavra, lançou-se num discurso sem princípio nem fim, *à bâtons rompus*,[116] gritava que eu era um moleque, que ele me ensinaria... que me faria com-

---

[115] "Um verdadeiro russo, um calmuco!". (Os calmucos são um povo mongólico, estabelecido no Sul da Rússia europeia, entre os rios Volga, Don, Kumá e Cuban, bem como na região asiática da Dzungária.) (N. do T.)

[116] "desordenadamente". (N. do T.)

preender... etc., etc. Mas ninguém podia compreender nada. Blanche ria às gargalhadas; finalmente, conseguiram até certo ponto acalmá-lo e levaram-no para um passeio. Aliás, notei muitas vezes que ficava triste, sentia pena de alguém e de algo, e que alguém lhe fazia falta, apesar mesmo da presença de Blanche. Em tais momentos, chegou a puxar umas duas vezes conversa comigo, mas não conseguiu explicar-se devidamente; evocava a sua carreira, a defunta esposa, a propriedade rural, as coisas domésticas. Contente com alguma palavra que de repente lhe ocorria, repetia-a umas cem vezes por dia, embora ela não expressasse absolutamente as suas ideias, nem os seus sentimentos. Tentei falar-lhe dos filhos; mas ele desviava o assunto com a mesma fala atropelada de antes, e passava rapidamente a outro tema: "Sim, sim! As crianças, as crianças, o senhor tem razão, as crianças!". Só uma vez, quando nos dirigíamos ao teatro, ficou comovido. "São crianças infelizes! — disse de repente. — Sim, meu senhor, sim, são crianças infe-e-lizes!" E, naquela noite, repetiu algumas vezes essas palavras: "Crianças infelizes!". Uma vez, quando mencionei Polina, ficou até enfurecido. "É uma mulher ingrata — exclamou. — É ruim e ingrata! Cobriu de vergonha a família! Se aqui existissem leis, eu a reduziria a frangalhos! Sim, sim!" Quanto a Des Grieux, não podia sequer ouvir-lhe o nome. "Ele me aniquilou — dizia — roubou-me, apunhalou-me! Foi o meu pesadelo durante dois anos inteiros! Apareceu-me em sonhos, meses seguidos! Isso... isso... isso... Oh, nunca me fale dele!"

Eu via que algo estava sendo urdido entre eles, mas continuava a calar-me, como de costume. Blanche foi a primeira a declarar-me; isto acontecera exatamente uma semana antes de nos separarmos.

— *Il a de la chance*[117] — tagarelou —, a *babouchka*[118]

---

[117] "Ele tem sorte". (N. do T.)

[118] Forma afrancesada de *bábuchka* (avó, em russo). (N. do T.)

está agora de fato doente e vai morrer mesmo. *Mister* Astley mandou um telegrama; hás de convir comigo que, apesar de tudo, o general é herdeiro dela. E, mesmo que não fosse, não atrapalharia em nada. Em primeiro lugar, ele tem uma pensão própria, e, em segundo, vai morar no quarto ao lado e será completamente feliz. Serei *Madame la générale*. Passarei a fazer parte de uma roda distinta (Blanche sonhava com isso continuamente), e, em seguida, serei uma senhora de terras russa, *j'aurai un château, des moujiks, et puis j'aurai toujours mon million*.[119]

— Bem, e se ele se tornar ciumento, começar a exigir... sabe Deus o quê... estás compreendendo?

— Oh, não, *non, non, non!* Como irá atrever-se?! Eu tomei medidas, não se preocupe. Já o obriguei a assinar algumas promissórias em nome de Alberto. É só acontecer algo, e será imediatamente castigado; mas não se atreverá!

— Bem, casa-te...

O casamento celebrou-se sem muita solenidade, de modo discreto e familiar. Foram convidados Alberto e mais alguns íntimos. Hortense, Cléopâtre e outras foram decididamente afastadas. O noivo estava extraordinariamente interessado na sua condição. A própria Blanche lhe fez o laço da gravata, passou-lhe pomada no cabelo, e, com seu fraque e colete branco, ele tinha uma aparência *très comme il faut*.[120]

— *Il est pourtant très comme il faut*[121] — declarou-me a própria Blanche, saindo do quarto do general, como se até ela se admirasse com a ideia de que o general estava *très comme il faut*. Eu prestava tão pouca atenção aos pormenores, participando de tudo apenas como negligente observador,

---

[119] "terei um castelo, mujiques, e, além disso, terei sempre o meu milhão". (Blanche fala assim, embora a ação se passe depois da emancipação dos servos.) (N. do T.)

[120] "bem apropriada". (N. do T.)

[121] "Até que ele está bem apropriado". (N. do T.)

que até esqueci muita coisa do que então aconteceu. Estou apenas lembrado de que tanto Blanche como a mãe dela apareceram não como *Mlle*. Cominges e *veuve* Cominges, mas du-Placet. Até agora não sei por que ambas se tinham apresentado antes como de Cominges. Mas o general ficou muito contente com isso também, e du-Placet agradou-lhe até mais do que Des Cominges. Na manhã do casamento, ele andava pela sala, de um canto a outro, completamente paramentado, e não cessava de repetir a si mesmo com o ar mais sério e imponente: "*Mademoiselle* Blanche du-Placet! Blanche du-Placet! du-Placet! A jovem Blanca du-Placet!". E em seu rosto luzia certa autossuficiência.

Na igreja, na pretoria e em casa, ao servirem-se alguns salgados, ele estava não apenas alegre e satisfeito, mas orgulhoso até. Algo sucedera a ambos. Blanche adquirira também um ar todo especial de dignidade.

— Agora, preciso portar-me de modo absolutamente diverso — disse-me ela com extraordinária seriedade — *mais, vois-tu*, eu não pensei numa coisa muito ruim: imagina que, até agora, não consigo decorar o meu sobrenome atual: Zagoriânski, Zagoziânski, *madame la générale de Sago-Sago, ces diables des noms russes, enfim madame la générale à quatorze consonnes! comme c'est agréable, n'est-ce pas?*[122]

Separamo-nos finalmente, e Blanche, aquela estúpida Blanche, chegou até a chorar ao despedir-se de mim.

— *Tu étais bon enfant* — disse-me, choramingando. — *Je te croyais bête et tu en avais l'air*, mas isso te fica bem. — E, apertando-me já a mão, em despedida definitiva, exclamou de repente: — *Attends!* — correu ao seu budoar e, um instante depois, trouxe-me duas notas de mil francos. Jamais poderia esperar aquilo! — Isto te será útil; és, talvez, um *outchitel*

---

[122] "mas estás vendo [...] a senhora generala de Sago-Sago, esses diabos de nomes russos, enfim a senhora generala de quatorze consoantes! Muito agradável, não é verdade?". (N. do T.)

muito sábio; como pessoa, porém, és terrivelmente tolo. De forma nenhuma te darei mais de dois mil, pois, de qualquer modo, irás perdê-los no jogo. Bem, adeus! *Nous serons toujours bons amis*, e, se ganhares novamente, vem procurar-me sem falta, *et tu seras heureux*![123]

Eu próprio ainda tinha uns quinhentos francos; além disso, possuía um magnífico relógio, no valor de uns mil francos, abotoaduras de brilhantes, etc., de modo que podia manter-me por um prazo bastante prolongado, sem me preocupar com nada. Instalei-me propositadamente nesta cidadezinha, a fim de me concentrar, e, sobretudo, aguardo *Mister* Astley. Soube com certeza que ele passará e vai deter-se aqui por vinte e quatro horas, para negócios. Vou saber... e depois... depois, irei diretamente a Homburgo. Não viajarei para Roletenburgo, a não ser no ano próximo. Realmente, dizem ser de mau presságio tentar a sorte, duas vezes seguidas, junto à mesma mesa, e, em Homburgo, existe o mais autêntico dos jogos.

[123] "Eras bom menino [...] eu te julgava bobo e parecias mesmo [...] Espera! [...] Seremos sempre bons amigos [...] e serás feliz!". (N. do T.)

XVII

Faz já um ano e oito meses que eu não lanço um olhar sequer a estas anotações, e somente agora, por angústia e aflição, resolvi distrair-me e as reli por acaso. Havia parado, então, no ponto em que dizia da minha intenção de viajar para Homburgo. Meu Deus! Com que leveza, relativamente falando, escrevi aquelas últimas linhas! Ou melhor, não que o fizesse de coração leve, mas com que autossuficiência, com que inabaláveis esperanças! Duvidava eu então, um pouco que fosse, de mim mesmo? E eis que se passou pouco mais de ano e meio, e, a meu ver, acho-me em condição bem pior que a de um mendigo! Mas pouco me importo com a miséria! Estou simplesmente liquidado! Aliás, quase não há com o que me comparar, e não se deve pregar moral a si mesmo! Não pode haver nada mais absurdo que a moral, em tais momentos! Oh, as pessoas autossuficientes! Com que orgulhosa autossatisfação esses tagarelas estão prontos a deitar suas sentenças! Se eles soubessem até que ponto eu próprio tenho consciência de toda a indignidade da minha atual condição, certamente a sua língua não se moveria para me dar lições. Vamos ver: que podem eles dizer-me de novo que eu não saiba? E é nisso que está a questão? O certo é que basta a roda girar uma vez, e tudo muda, e esses mesmos moralistas serão os primeiros (tenho certeza) a vir felicitar-me com amistosos gracejos. E não virariam o rosto, ao encontrar-me, como fazem agora. Mas pouco me importo com todos eles! Que sou agora? *Zéro*. Que posso vir a ser amanhã? Amanhã, posso

ressuscitar dentre os mortos e recomeçar a viver! Posso encontrar em mim o homem, enquanto ele ainda não se perdeu!
    Realmente, viajei então para Homburgo, mas... estive depois mais de uma vez em Roletenburgo, em Spa e, mesmo, em Baden, para onde viajei na qualidade de camareiro do Conselheiro Hinze, um patife que me tomou a seu serviço. Sim, estive também na condição de criado, durante cinco meses a fio! Isso aconteceu logo que saí da prisão. (Estive na prisão, em Roletenburgo, por causa de uma dívida contraída aqui. Fui resgatado por uma pessoa desconhecida. Quem? *Mister* Astley? Polina? Não sei, mas a dívida foi paga, duzentos táleres ao todo, e eu fiquei livre.) Para onde ir? E foi então que entrei ao serviço desse Hinze. Era um homem jovem e volúvel, gostava de vadiar, e eu falo e escrevo em três idiomas. A princípio, entrei para o seu serviço como uma espécie de secretário, por trinta florins mensais; mas acabei criado de fato: manter um secretário tornou-se para ele demasiado oneroso, e ele diminuiu-me o ordenado; como não tivesse para onde ir, fiquei e, desse modo, eu próprio me converti em criado. A seu serviço, comia e bebia mal, mas, em compensação, juntei setenta florins em cinco meses. Uma noite, em Baden, declarei-lhe que desejava deixá-lo; fui, na mesma noite, para a roleta. Oh, como me batia o coração! Não, não é que o dinheiro me fosse caro! O que eu queria, então, era apenas que, no dia seguinte, todos aqueles Hinze, todos aqueles *Oberkellners*, todas aquelas magníficas senhoras de Baden-Baden, falassem de mim, contassem a minha história, ficassem surpresos comigo, me elogiassem e reverenciassem o meu novo ganho. Tudo isso eram sonhos e preocupações infantis, mas... quem sabe? — talvez eu me encontrasse também com Polina: contar-lhe-ia tudo e ela haveria de ver que estou acima de todos esses absurdos lances da fortuna... Oh, não é que o dinheiro me fosse caro! Estou certo de que o atiraria novamente a qualquer Blanche e tornaria a andar, em Paris, durante três semanas, numa carruagem, puxada por uma parelha pró-

pria, no valor de dezesseis mil francos. Sei muito bem que não sou avarento; creio mesmo que sou perdulário; e, no entanto, com que tremor ouço, de coração opresso, os gritos do crupiê: *trente et un, rouge, impair et passe*; ou: *quatre, noir, pair et manque!* Com que avidez olho para a mesa de jogo, em que estão espalhados luíses de ouro, *friedrichsdors* e táleres; para as pilhas de ouro, que quando tocadas pela pazinha do crupiê se espalham em montículos luzentes como brasas, ou, então, para as rumas de prata, do comprimento de um archin,[124] jazendo em torno da roda. Quando ainda me aproximo da sala de jogo e ouço, a uma distância de duas salas, o tinir das moedas, quase chego a ter convulsões.

Oh, aquela noite em que levei para a mesa de jogo os meus setenta florins foi também admirável! Comecei por dez florins e, novamente, apostei no *passe*. Tenho um preconceito em relação ao *passe*. Perdi. Restavam-me sessenta florins em prata; pensei um pouco e preferi o *zéro*. Comecei a apostar no *zéro* cinco florins de cada vez; no terceiro lance, saiu de repente o *zéro*, e quase morri de alegria, recebendo cento e setenta e cinco florins; não ficara tão alegre ao ganhar cem mil. Apostei imediatamente cem florins no *rouge* e ganhei; todos os duzentos no *rouge*, e tornei a ganhar; todos os quatrocentos no *noir*, com o mesmo resultado; todos os oitocentos no *manque*, e ganhei ainda; contando com o anterior, tinha mil e setecentos florins, e isso em menos de cinco minutos! Sim, em tais momentos, esquecem-se mesmo todos os fracassos anteriores!

Realmente, eu conseguira aquilo arriscando mais que a própria vida, eu ousara arriscar... e eis que ali me achava, de novo, e como gente.

Aluguei um quarto no hotel, fechei a porta à chave e fiquei sentado até umas três horas, contando o meu dinheiro. De manhã, ao acordar, não era mais criado. Decidi partir pa-

---

[124] Medida russa correspondente a 0,71 m. (N. do T.)

ra Homburgo no mesmo dia: naquela cidade, não servira como criado e não estivera na prisão. Meia hora antes da partida do trem, fui apostar dois lances, não mais, e perdi mil e quinhentos florins. Apesar de tudo, mudei-me para Homburgo, e já faz um mês que estou aqui...

    Naturalmente, vivo em sobressalto permanente, jogo bem modestamente, espero não sei o quê e faço cálculos; passo dias inteiros junto à mesa de jogo e observo o desenrolar deste; o jogo aparece-me até em sonho, mas, com tudo isso, tenho a impressão de estar anquilosado, de ter-me afundado numa espécie de limo. Concluo isso da impressão que me deixou o encontro que tive com *Mister* Astley. Não nos tínhamos visto mais e encontramo-nos por acaso. Eis como isso aconteceu: caminhava eu pelo jardim; refletia que já me achava quase sem dinheiro, mas que ainda me restavam cinquenta florins, e que, além disso, no hotel, onde ocupava um cubículo, pagara toda a conta na antevéspera. Ficara-me, pois, a possibilidade de ir apenas uma vez à roleta, e, caso ganhasse, mesmo que fosse uma ninharia, poderia continuar o jogo; se perdesse, precisaria empregar-me novamente como criado, a não ser que encontrasse gente russa precisando de um preceptor. Ocupado com tais pensamentos, prossegui em meu passeio cotidiano, atravessei o parque e o bosque, e passei ao principado vizinho. Acontecia-me caminhar deste modo umas quatro horas e voltar a Homburgo, faminto e cansado. Mal acabei de passar do jardim para o parque, vi de repente *Mister* Astley sentado num banco. Ele notou-me primeiro e chamou-me. Sentei-me a seu lado. Percebendo nele, porém, certo ar de importância, moderei imediatamente a minha alegria, embora tivesse ficado contente ao extremo por encontrá-lo.

    — Então, está aqui?! Bem que eu pensei encontrá-lo — disse-me. — Não precisa incomodar-se contando-me coisas: eu sei, eu sei de tudo; conheço toda a vida que levou neste ano e oito meses.

— Bah! Quer dizer que vigia assim os seus velhos amigos! — respondi. — Honra-o este fato de não esquecer... Mas espere, acaba de me dar uma ideia: não foi o senhor quem me resgatou da prisão de Roletenburgo, onde me meteram por causa de uma dívida de duzentos florins? Fui resgatado por um desconhecido.

— Não, oh, não, não o resgatei da prisão de Roletenburgo, onde estava por causa de uma dívida de duzentos florins, mas sabia que se achava preso em virtude de uma dívida de duzentos florins.

— Quer dizer que sabe mesmo quem me resgatou?

— Oh, não, eu não posso dizer que saiba quem o resgatou.

— É estranho; ninguém, entre os russos, me conhece, e os russos daqui provavelmente não me resgatariam; lá na Rússia é que os ortodoxos resgatam gente ortodoxa. E eu pensei que deveria ter sido algum inglês esquisitão, apenas por excentricidade.

Mister Astley ouvia-me um tanto surpreso. Parece que esperava encontrar-me triste e abatido.

— Estou muito contente, no entanto, vendo que conservou toda a sua independência de espírito e que está, mesmo, alegre — disse ele, com ar bastante desagradável.

— Quer dizer, no íntimo está acabrunhado de despeito, porque não sofri nenhum abalo profundo e não estou humilhado — disse eu, rindo.

Custou a compreender aquilo, mas, logo que o compreendeu, sorriu.

— Agradam-me as suas observações. Reconheço nessas palavras o meu amigo de outros tempos, inteligente, arrebatado e, ao mesmo tempo, cínico; somente os russos podem reunir em si, ao mesmo tempo, tantas qualidades opostas. Realmente, as pessoas gostam de ver humilhado, diante de si, o seu melhor amigo; é na humilhação que se baseia, mais comumente, a amizade; é uma verdade antiga, conhecida por

todas as pessoas inteligentes. No caso atual, porém, asseguro-lhe, estou contente, com sinceridade, pelo fato de não o ver entristecido. Diga-me: não pretende largar o jogo?
— Oh, diabos levem o jogo! Vou largá-lo imediatamente, apenas...
— Apenas, deve ganhar agora tudo de volta? Bem que o pensei; não complete a frase; eu sei, disse-o sem querer; por conseguinte, falou a verdade. Diga-me: não se ocupa com nada, além do jogo?
— Sim, nada...
Começou a fazer-me um exame. Eu não sabia nada, quase não passara os olhos pelos jornais e, decididamente, em todo aquele tempo, não abrira um livro.
— Está anquilosado — observou. — Não só desistiu da vida, dos seus interesses, da sociedade, dos deveres de homem e de cidadão, dos amigos (tinha-os, apesar de tudo); não só desistiu de qualquer objetivo que não seja o ganho, como até renunciou às suas próprias recordações. Lembro-me do senhor num momento ardoroso e forte da sua vida; mas estou certo de que esqueceu as suas melhores impressões de então; os seus sonhos de agora, os seus desejos mais vitais, não passam de *pair* e *impair*, *rouge*, *noir*, doze no centro, e assim por diante, e assim por diante, tenho certeza!
— Chega, *Mister* Astley! Por favor, por favor, não me faça lembrar — exclamei com despeito, quase com raiva. — Saiba que não esqueci absolutamente nada; mas, apenas por algum tempo, expulsei tudo isso da minha cabeça, mesmo as recordações — até que eu corrija radicalmente minha situação; então... então, o senhor verá, hei de ressuscitar dentre os mortos!
— Estará ainda aqui, dentro de dez anos — disse ele. — Aposto como vou lembrar-lhe isto, se estiver vivo, neste mesmo banco.
— Bem, chega — disse eu com impaciência, interrompendo-o —, e, para lhe demonstrar que não estou tão esque-

cido em relação ao passado, permita que lhe pergunte: onde está agora *Miss* Polina? Se não foi o senhor quem me resgatou, certamente foi ela. Desde aquele tempo, não tive dela qualquer notícia.

— Não, oh, não! Eu não creio que ela o tenha resgatado. Está agora na Suíça, e me fará um grande favor se deixar de me fazer perguntas sobre *Miss* Polina — disse ele com ar decidido e, mesmo, zangado.

— Isso quer dizer que o senhor, também, já foi bastante ferido por ela! — ri involuntariamente.

— *Miss* Polina é a melhor das criaturas, a mais digna de respeito; mas, repito, o senhor me fará um grande favor deixando de me interrogar a seu respeito. O senhor nunca a conheceu, e eu considero que o nome dela em seus lábios é uma ofensa ao meu sentimento moral.

— Ah, sim? Aliás, o senhor não tem razão; pense bem, de que lhe posso falar, a não ser a esse respeito? É nisso que consistem todas as nossas recordações. Não se preocupe, não me interessa conhecer nenhum dos seus casos íntimos, secretos... Interesso-me unicamente, por assim dizer, pela condição exterior de *Miss* Polina, apenas pela sua atual situação externa. Isso pode ser dito em duas palavras.

— Pois não, mas com a condição de que tudo fique terminado com essas duas palavras. *Miss* Polina passou muito tempo doente; mesmo agora, ainda está enferma; durante algum tempo, ela viveu com minha mãe e minha irmã, no Norte da Inglaterra. Há meio ano, a avó — lembra-se — aquela mesma velha maluca, morreu e deixou-lhe sete mil libras. Agora, *Miss* Polina está viajando com a família de minha irmã, que se casou. O irmãozinho dela e a irmã também estão garantidos pelo testamento da avó e estudam em Londres. O padrasto, o general, este morreu há um mês, em Paris, em consequência de um ataque apoplético. *Mademoiselle* Blanche tratou dele bem, mas conseguiu transferir para o seu nome tudo o que ele recebera da avó... Parece que é tudo.

— E Des Grieux? Não está viajando também pela Suíça?

— Não, Des Grieux não está viajando pela Suíça, e eu não sei onde ele está; além disso, aviso-o de uma vez por todas que deve evitar semelhantes alusões e aproximações ignóbeis; caso contrário, terá que se haver sem falta comigo.

— Como?! Apesar das nossas relações amistosas de outros tempos?

— Sim, apesar daquelas relações.

— Peço-lhe mil desculpas, *Mister* Astley. Permita, no entanto, que lhe diga: não há nisso nada de ofensivo ou pouco nobre; não culpo absolutamente *Miss* Polina de nada. Além disso, um francês e uma senhorita russa, falando genericamente, constituem uma aproximação tal, *Mister* Astley, que não seremos nós dois que a poderemos resolver ou compreender definitivamente.

— Se o senhor não associa o nome de Des Grieux a um outro, eu lhe pediria que me explicasse: que entende pela expressão "um francês e uma senhorita russa"? Que "aproximação" é essa? Por que, no caso, se trata justamente de um francês e de uma senhorita russa?

— Como vê, isso o deixou interessado. Mas trata-se de assunto longo, *Mister* Astley. Seria preciso conhecer muita coisa antes. Aliás, é uma questão importante, por mais ridículo que tudo isto pareça à primeira vista. O francês, *Mister* Astley, é uma forma acabada, bonita. O senhor, na qualidade de britânico, pode não concordar com isso; também eu, como russo, não concordo, quando mais não seja, talvez por inveja mesmo; as nossas senhoritas, porém, podem ter opinião diferente. O senhor pode considerar Racine artificial, afetado, uma perfumaria; certamente, nem vai lê-lo. Eu também o considero artificial, afetado, uma perfumaria, e, sob certo ponto de vista, até ridículo; mas ele é encantador, *Mister* Astley, e, sobretudo, é um grande poeta, queiramos nós dois ou não que assim seja. A forma nacional do francês, isto é, do parisiense, começou a assumir uma forma elegante, quando nós ainda éramos ursos. A revolução herdou-a da nobreza. Atualmente, o francesinho mais vulgar pode ter maneiras, gestos, expressões e até ideias de uma forma supremamente elegante, sem todavia ter tomado parte na criação dessa forma, quer com a sua iniciativa, quer com a alma, quer com o coração; tudo isso ele recebeu de herança. Pessoalmente, eles podem ser as mais fúteis e as mais ignóbeis das criaturas. Pois bem, *Mister* Astley, comunico-lhe agora que não existe no mundo criatura mais confiante e sincera que uma jovem russa bondosa, inteligentezinha e não excessivamente afetada. Desempenhando um papel qualquer, oculto sob uma máscara, Des Grieux pode conquistar-lhe o coração com extraordinária facilidade; ele possui uma forma elegante, *Mister* Astley, e a jovem toma essa forma pela própria alma dele, pela forma natural da sua alma e do seu coração, e não por um traje que ele recebeu como herança. Para seu máximo desprazer, devo confessar-lhe que os ingleses, na maioria, são angulosos e deselegantes, e os russos sabem distinguir o belo com bastante agudeza, e têm por ele um fraco. Mas, para distinguir a beleza da alma e a originalidade de caráter, é necessário muito mais independência e liberdade de julgamento que a de nossas mulheres, sobretudo as senhoritas, e, em todo caso, mais experiência. Quanto a *Miss* Polina — perdão, o que ficou dito não volta atrás — é preciso muito, muito tempo, para se decidir a preferir o senhor ao canalha Des Grieux. Ela o apreciará, será sua amiga, vai abrir-lhe todo o coração; mas, nesse coração, apesar de tudo, há de reinar o odioso canalha, o mau e mesquinho usurário Des Grieux. Isto há de persistir, até, por assim dizer, apenas por teimosia e amor-próprio, porque esse mesmo Des Grieux apareceu-lhe, certo dia, sob a auréola de um elegante marquês, de um liberal desiludido e arruinado (seria?), ajudando a sua família e o imprudente general. Todos esses manejos foram descobertos mais tarde. Mas não importa que tenham sido descobertos: mesmo assim, deem-lhe agora o Des Grieux de outros tempos, eis do que precisa! E, quanto mais ela odeia o Des Grieux atual, mais saudade tem do anterior, embora este existisse apenas na sua imaginação. O senhor é produtor de açúcar, *Mister* Astley?

— Sim, faço parte da sociedade Lowell & Comp., que explora uma famosa usina de açúcar.

— Pois bem, está vendo, *Mister* Astley? Por um lado, é um produtor de açúcar, por outro, é o Apolo do Belvedere; tudo isso, de certo modo, não combina. E eu não sou sequer produtor de açúcar; sou apenas um jogador miúdo de roleta, e fui até criado, o que, certamente, já é do conhecimento de *Miss* Polina, porque, segundo parece, ela possui boa polícia.

— O senhor está enraivecido, e por isso diz todos esses absurdos — falou *Mister* Astley com sangue-frio, depois de pensar um pouco. — Além disso, não há originalidade nas suas palavras.

— De acordo! Mas nisso é que está o horror, meu nobre amigo: todas essas minhas acusações, por mais antiquadas, vulgares, dignas de um *vaudeville*, apesar de tudo, são verdadeiras! Apesar de tudo, nós dois não conseguimos nada!

— Isto são absurdos torpes... porque, porque... saiba de uma vez! — disse *Mister* Astley com voz trêmula e olhos cintilantes. — Saiba de uma vez, homem ingrato e indigno, insignificante e infeliz, que cheguei a Homburgo intencionalmente, por encargo dela, a fim de encontrá-lo, para conversar com o senhor longamente e de todo o coração, e dar depois a ela relato de todos os seus sentimentos, ideias, esperanças e... recordações!

— Será possível?! Será possível?! — exclamei, e lágrimas jorraram-me dos olhos. Não pude contê-las e aquilo acontecia-me, ao que parece, pela primeira vez em minha vida.

— Sim, homem infeliz, ela o amava, e eu posso revelar-lhe isso, porque o senhor é um homem perdido! Mais ainda, mesmo que eu lhe diga que ela o ama até hoje, mesmo assim vai ficar aqui! Sim, o senhor se destruiu. Tinha algumas capacidades, um temperamento vivo e era uma pessoa nada má; podia ser mesmo útil à sua pátria, que tanto precisa de gente, mas há de ficar aqui, e a sua vida acabou. Não o estou culpando. A meu ver, todos os russos são assim ou têm uma tendência para se tornarem assim. Se não é a roleta, é outra coisa semelhante. As exceções são demasiadamente raras. O senhor não é o primeiro a não compreender o que é o trabalho (não estou falando do seu povo). A roleta é um jogo russo por excelência. Até agora, o senhor foi honesto e preferiu tornar-se criado a roubar... mas eu tenho medo de pensar no que pode acontecer no futuro. Chega, adeus! O senhor, naturalmente, precisa de dinheiro, não? Aqui tem, da minha parte, dez luíses de ouro; não darei mais porque, de qualquer modo, vai perdê-los no jogo. Tome-os, e adeus! Aceite mesmo!

— Não, *Mister* Astley, depois de tudo o que se acabou de dizer...

— To-me! — gritou ele. — Estou convencido de que ainda tem caráter nobre, e dou-lhe dinheiro como um amigo o pode dar a outro amigo de verdade. Se eu pudesse estar certo de que o senhor largaria imediatamente o jogo, Homburgo, e iria para a sua pátria, estaria pronto a dar-lhe no mesmo instante mil libras, para o início da sua nova carreira. Todavia, não lhe dou mil libras, mas apenas dez luíses de ouro, justamente porque mil libras ou dez luíses, agora, são exatamente o mesmo para o senhor; de qualquer modo, há de perdê-los. Tome-os, e adeus.

— Aceitarei, se me permitir que o abrace por despedida.
— Oh, com prazer!

Abraçamo-nos sinceramente, e *Mister* Astley foi embora.

Não, ele não tinha razão! Se eu fui rude e estúpido, referindo-me a Polina e Des Grieux, ele foi rude e apressado em relação aos russos. De mim próprio, não digo nada. Aliás... aliás, tudo isso, por enquanto, não é o essencial. São apenas palavras, palavras e mais palavras, mas é preciso ação! O principal, agora, é a Suíça! Amanhã mesmo; oh, se fosse possível partir amanhã mesmo! Nascer de novo, ressuscitar. É preciso demonstrar-lhes... Que saiba Polina que ainda posso ser gente. Basta apenas... aliás, já é tarde, mas amanhã... Oh, tenho um pressentimento! E nem podia ser de outro modo! Tenho agora quinze luíses de ouro, e cheguei a começar com quinze florins! Se começar com cuidado... Mas, será possível, será possível que eu seja tão criança? Não compreenderei, porventura, que sou um homem perdido? Mas, por que não posso ressuscitar? Sim! Basta ao menos uma vez na vida ser paciente e calculador, e eis tudo! Basta ter caráter uma só vez, e, numa hora, posso mudar todo o meu destino! O principal é o caráter. Lembrar apenas que, há sete meses, me aconteceu coisa semelhante, em Roletenburgo, antes de eu perder tudo. Oh, foi um admirável exemplo de decisão: eu perdera tudo, tudo... Saio então do cassino, e percebo que no bolso do meu colete se mexe ainda um florim. "Ah, então tenho com que jantar!" — pensei, mas, percorrendo uns cem passos, mudei de ideia e voltei. Coloquei aquele florim no *manque*; e, realmente, sentimos algo de peculiar nessa sensação, quando, sozinhos, em país estranho, longe da pátria, dos amigos, e sem saber o que vamos comer nesse dia, apostamos o último florim, o último dos últimos, o derradeiro! Ganhei e, vinte minutos depois, saí do cassino com cento e setenta florins no bolso. Eis uma realidade! Eis o que pode significar, às vezes, o derradeiro florim! E o que aconteceria, se eu naquele momento tivesse perdido a confiança, se não me atrevesse a decidir-me?...

Amanhã, amanhã tudo estará terminado!

NOTAS SOBRE *UM JOGADOR*

Boris Schnaiderman

A história rocambolesca da elaboração deste romance já foi contada muitas vezes, mas convém repeti-la agora. Na época em que escrevia *Crime e castigo*, Dostoiévski estava assoberbado de dívidas, em grande parte porque assumira os encargos com a liquidação da revista que seu irmão possuía antes de morrer e com as despesas de manutenção da viúva e do sobrinho.

Envolvido como estava com a elaboração de seu grande romance, ele não conseguia interromper esse trabalho a fim de cumprir um contrato draconiano que assinara com o editor F. T. Stielóvski, segundo todas as informações um consumado vigarista, contrato este de acordo com o qual Dostoiévski deveria entregar-lhe concluído, até 1º de novembro de 1866, um romance com determinado número de folhas de impressão. Caso contrário, o editor teria o direito, por nove anos, de publicar o que ele produzisse, sem qualquer remuneração.

Alguns amigos ofereceram-se para escrever a muitas mãos um romance ao qual ele desse o toque final, mas, evidentemente, Dostoiévski não era de estofo a contentar-se com tal expediente. E em lugar disso, recorreu à ajuda de uma taquígrafa, Anna Grigórievna Snítkina.

Deixando de lado a sua obsessão por *Crime e castigo*, desenvolveu um projeto que vinha acalentando durante anos e sobre o qual escrevera a um amigo em outubro de 1863. E foi com rapidez surpreendente que elaborou este novo romance: de 4 a 29 de outubro.

Posfácio

Seu horário de trabalho consistia no seguinte: passava as manhãs rascunhando os materiais a ditar; a taquígrafa chegava em sua casa ao meio-dia, e ele ficava ditando até as quatro. Ela levava para casa as folhas taquigrafadas e efetuava a transcrição. E no decorrer daqueles 26 dias, Dostoiévski procedeu também à correção final do texto.

Concluído o romance (de início com o título de *Roletenburgo*), procurou entregá-lo ao editor, mas este havia desaparecido. Depositou então o manuscrito no distrito policial, que lhe forneceu um atestado sobre a data e hora da entrega.

E depois de tanto trabalho e tantas peripécias, o romancista, que enviuvara pouco antes, acabou casando-se com a taquígrafa, cujo nome de casada, Anna Grigórievna Dostoiévskaia, acabaria aparecendo na dedicatória de seu último romance, *Os irmãos Karamázov*.

Autobiografia?

Já se consagrou a noção de que o romance seria essencialmente autobiográfico, noção esta endossada por muitos nomes ilustres. Assim, Thomas Mann escreveria sobre Dostoiévski: "A paixão pelo jogo foi sua segunda doença, possivelmente relacionada com a primeira, uma obsessão verdadeiramente anormal. A isso devemos o maravilhoso romance *O jogador*, que se passa numa estação de águas alemã, inverossimilmente e perversamente chamada Roletenburgo. Nesse romance, a psicologia da paixão mórbida e do demônio Sorte é exposta com incomparável veracidade" — citado por Moacir Werneck de Castro no excelente prefácio que escreveu para a sua tradução deste livro, um prefácio disfarçado modestamente como "Nota do tradutor".[1]

---

[1] In Fiodor M. Dostoiévski, *O jogador*, Rio de Janeiro, Civilização Brasileira, 1976.

Seguem este mesmo tom as notas eruditas que I. I. Kíiko escreveu para o texto do romance na grande edição das *Obras completas* de Dostoiévski publicada pela seção de Leningrado da Academia de Ciências da U.R.S.S.[2] Aliás, em seu acompanhamento das páginas dessa obra, sublinha o quanto o romancista aproveitou de sua experiência pessoal junto às mesas de jogo, e também a transposição de vários episódios, com ele ocorridos. Assim, aponta como relato direto da experiência do autor o incidente junto à representação em Paris do Estado Pontifício romano, que aparece no capítulo I.

Outras aproximações têm sido igualmente apontadas. Por exemplo, o episódio da atração que a personagem feminina sentiu pelo francês Des Grieux seria uma alusão ao que o protótipo feminino deixou registrado em seu diário.[3]

A própria viúva do romancista igualmente insiste nos elementos autobiográficos deste romance, no livro que escreveu sobre o marido.[4]

Costuma-se igualmente citar trechos da correspondência de Dostoiévski em que ele insiste na possibilidade de se ganhar na roleta, desde que se conserve sangue-frio e autodomínio, convicção esta igualmente exposta por seu personagem.

Ademais, é evidente que muitas ideias do próprio Dostoiévski são atribuídas por ele ao protagonista, Aleksiéi Ivânovitch. A caçoada com a burguesia francesa, que aparece em muitas páginas, tem relação evidente com *"Bribri e ma bi-*

---

[2] F. M. Dostoiévski, *Pólnoie sobránie sotchnienii v tridtzatí tomákh* (Obras completas em trinta volumes), 1972-1988, vol. 5, *Igrók*, 1973.

[3] Introdução de A. S. Dolínin ao diário de Apolinária Súslova, publicado com o título *Gódi blízostí s Dostoiévskim* (Meus anos com Dostoiévski), Nova York, Sieriébrianii Viek, 1982.

[4] A. G. Dostoiévskaia, *Vospominânia* (Reminiscências), Moscou, Khudójestvienaia Litieratura, 1971. Deixou também um diário taquigrafado de sua estada no Ocidente, com Dostoiévski, e que está publicado, não obstante um artifício que adotou para evitar o deciframento (embora ela mesma chegasse a transcrever uma parte).

Posfácio

che", último capítulo das *Notas de inverno sobre impressões de verão*,[5] apontamentos da primeira viagem do romancista à Europa Ocidental. A preocupação do alemão médio com a acumulação de riquezas, que é apresentada num tom extremamente satírico no capítulo IV, corresponde à concepção dostoievskiana sobre o capitalismo, que seria contrário à índole do povo russo. Mas, sobretudo, a ironia em relação aos poloneses é na verdade uma constante em Dostoiévski.

A ação decorre supostamente no período de sua primeira viagem europeia, isto é, no verão de 1862, pouco antes, portanto, da eclosão da grande revolta polonesa de 1863-64 e de seu esmagamento. Já a elaboração do romance é um tanto posterior. Em todo o Ocidente havia então uma evidente simpatia pela causa polonesa, e o texto expressa a acidez com que ele sempre se referia a esse tema, havendo, pois, neste caso, identificação plena entre o escritor e o narrador.

Mas, ela pode acaso ser reafirmada em relação ao romance como um todo? Pelo menos, esta leitura ficou tão consagrada quer na crítica russa quer na ocidental que o organizador do já referido livro de Apolinária Súslova, depois de citar, em sua introdução, a biografia em alemão escrita pela filha do romancista, Liubóv Fiódorovna Dostoiévskaia,[6] que, no seu entender, estava exagerando e distorcendo os fatos ao sublinhar o caráter biográfico da relação entre as duas personagens centrais,[7] depois, na sequência de seu texto, acaba afirmando com insistência a mesma proximidade entre elas.

No entanto, é preciso afirmar, e com ênfase, que, apesar de todas estas evidências e semelhanças, Aleksiéi Ivânovitch

---

[5] Minha tradução em Fiódor Dostoiévski, *O crocodilo* e *Notas de inverno sobre impressões de verão*, São Paulo, Editora 34, 1992.

[6] Tradução russa: L. F. Dostoiévskaia, *Dostoiévski iv izobrajênii ievó dótcheri* (Dostoiévski retratado por sua filha), Moscou, Goslitizdát (Editora Estatal de Literatura), 1922.

[7] A. S. Dolínin, *op. cit.*, nota 1, p. 6.

não é Dostoiévski e Polina certamente não é Apolinária, embora seu prenome consagrado naquele meio corresponda tanto a Praskóvia, conforme insistia a avó — que tem o imponente nome de Antonida Vassílievna Tarassiévitcheva — como ao não menos imponente Apolinária, amante do romancista.

Sem dúvida, parece um absurdo, ainda que um absurdo consagrado, a identificação de Dostoiévski com o fracassado Aleksiéi, apesar dos títulos universitários deste e sua escrita forte e desembaraçada. Onde ficam, neste caso, as grandes preocupações filosóficas e religiosas do romancista? Afinal, as referências, no romance, a um caráter nacional russo, em confronto com o de outros povos, não bastam para suprir esta ausência. Como não basta a comparação insistente entre a forma em que o ocidental se enquadrava e a falta de um apuro formal, que seria típico dos russos.

Fato semelhante ocorre em relação a Apolinária Súslova. A personagem Polina tem algo de enigmático, ela não se revela completamente por suas ações ou palavras, fica sempre faltando algo, o suspense mantém-se até o fim, cabendo ao leitor fazer sua própria interpretação, enquanto o protótipo sempre apontado era mulher forte, decidida, arrebatada até, e que entrava em discussão com o companheiro, em defesa de suas próprias concepções sobre o papel da mulher na sociedade. Imbuída de ideias radicais contra as quais Dostoiévski se voltava (contemporâneos seus referiam-se a ela como uma "niilista"), Súslova não vacilou em unir-se a um espanhol por quem se apaixonara enquanto esperava o escritor em Paris, onde haviam combinado encontrar-se. Frustrado o novo romance, isto não a impediu de viajar com Dostoiévski pela Itália e pela Alemanha, onde ele se entregou desbragadamente ao jogo. Mas as peripécias daquela viagem foram bem diferentes das que aparecem no romance, a não ser algum episódio isolado. Deve-se lembrar, além disso, que Apolinária Súslova era escritora, ainda que não muito forte, enquanto a personagem Polina é mostrada num plano de atuação bem diferente.

Tudo isto faz pensar realmente no que há de contraditório e insuficiente na expressão "romance autobiográfico". A distinção entre ficção e experiência vivida costuma ser praticamente abolida por muitos leitores, para quem o eu do narrador e o da personagem funcionam geralmente como algo inseparável.

Em relação a *Um jogador*, minha dificuldade em aceitar a identificação das personagens com as da vida real encontrou eco na abordagem deste romance por Joseph Frank, no quarto livro de sua monumental biografia de Dostoiévski, em cinco volumes — uma obra que me suscita muitas divergências, mas cuja importância não posso deixar de salientar.[8]

Romance de costumes?

Em certa medida, sim, não há dúvida. Mas apenas na medida em que se pode falar de romance de costumes, ao tratar de Dostoiévski, inimigo declarado do realismo meramente fotográfico e para quem há sempre algo por trás da mera aparência.[9]

O pano de fundo foi realizado com maestria. Aqueles russos viajando de cidade em cidade, aqueles homens desenraizados, que tentavam adaptar-se à "forma" do europeu, eram fato corrente na vida europeia. O autor dos comentários, na edição russa da Academia, informa que, segundo o

---

[8] Cf. Joseph Frank, *Dostoiévski — Os anos milagrosos*, São Paulo, Edusp, 2003 (tradução de Geraldo Gerson de Souza), pp. 233-250.

[9] Isto ficou explicitado em seu artigo "Exposição na Academia de Artes, de trabalhos de 1860-1861" (*Vístavka v Acadiêmii Khudojestv za 1860-1861 god*), in *Obras completas* de Dostoiévski, vol. XIX, 1971. Cf. nota 2. Tratei desse tema, um pouco mais extensamente, no texto "Dostoiévski: a ficção como pensamento", in *Artepensamento*, organizado por Adauto Novaes, São Paulo, Companhia das Letras, 1994, pp. 241-248.

Rúskii Viéstnik (Mensageiro Russo) de 1862, 275.582 russos viajaram para o exterior em 1860.

Na época em que a Rússia passava pelas grandes reformas estruturais do reinado de Alexandre II, muitos russos pareciam querer usufruir o quanto antes as benesses que sentiam ameaçadas e iam gastar seus rublos no Ocidente. Isso tem relação com o tom depreciativo de Dostoiévski, em contraste com a valoração da vida patriarcal e matriarcal, cuja representante típica seria aquela avó, tão afável com os subalternos, tão fascinante em sua singeleza e aprumo, apesar da cadeira de rodas.

Um romance paródico?

A crítica tem apontado o que há de paródico neste romance, e isso não deixa de ser verdade.

O senhor conde que aparece numa das primeiras páginas, passa pouco adiante a ser tratado de marquês, mas isto não chega a ser contraditório, pois os demais é que o designavam assim. No capítulo V, o narrador trata dele como "o nosso Marquês des Grieux", e depois disso, ele passa a ser simplesmente Des Grieux. Ora, isto nos remete diretamente ao livro setecentista do Abade Prévost (Antoine-François Prévost d'Exiles), *Histoire du Chevalier des Grieux et de Manon Lescaut*.[10]

Está bastante difundida a noção de que Dostoiévski tenha pretendido aludir assim à diferença entre o francês do *Ancien Régime* e o de seu tempo. No entanto, indo-se ao texto do eclesiástico francês (na verdade, nem tão eclesiástico, dada a sua vida rica de aventuras, que incluía uma passagem pela Ordem dos Beneditinos e uma estada na Inglaterra, onde

---

[10] Uma edição acessível: Paris, Garnier-Flammarion, 1967.

se apresentava como convertido à religião anglicana, o que não o impediu de regressar à França e obter mais tarde o perdão do papa, sendo então readmitido na Ordem), constata-se que sua visão dos contemporâneos não tem nada de idílica. Todavia, a alusão a Des Grieux em *Um jogador* é realmente bem paródica, há uma verdadeira inversão, pois enquanto o Des Grieux de *Um jogador* é um charlatão e aventureiro, o herói de Prévost é um indivíduo puro e tão dedicado a sua amada que perdoa a esta as maiores infidelidades, a atração pelo luxo, pelos bens materiais, e chega ele mesmo, por sua causa, a trapacear e enganar os incautos. Acaba acompanhando-a à Louisiana, para onde o governo francês despachava as mulheres que transgrediam as normas do bom comportamento, a fim de atender à necessidade de povoar aqueles territórios na América (impressionante, a descrição do embarque daquelas infelizes!).

O sarcasmo de Dostoiévski aparece mais violento ainda, quando comparamos o seu texto com aquela obra-prima da literatura francesa.

Um jogador ou O jogador?

O russo não usa artigo, de modo que, tomado isoladamente, o título *Igrók* permite ambas as soluções. Realmente, *The Gambler* e *Le joueur* são os títulos correspondentes em inglês e francês, respectivamente. Em português, também, houve diversas traduções em que o título aparece com o artigo definido.

A meu ver, isto se deve ao fato de os editores eliminarem geralmente o subtítulo que Dostoiévski deu a este romance, subtítulo esse que eu traduzi como "Apontamentos de um homem moço". Realmente, neste caso, o artigo só pode ser o indefinido. Baseado nisso e no texto do romance, eu o vejo como a confissão de um jogador russo, aliás bem russo, agressivamente russo, nunca "o jogador", como personalidade genérica.

Aliás, é curioso observar que, numa tradução brasileira de 1931, igualmente a partir do original russo, o título é *Um jogador* acompanhado do subtítulo entre parênteses: "Das notas de um rapaz". Este "um rapaz" parece um pouco estranho, quando pensamos no homem feito e fracassado que é o personagem central, mas louve-se, neste caso, o respeito ao subtítulo do original.[11]

UM ROMANCE VICÁRIO

Este romance me suscita fascínio e mal-estar. Dostoiévski conseguiu a proeza de dar vida a um personagem que não é ele, que tem características próprias e inconfundíveis, mas, ao mesmo tempo, expressa as suas tribulações de jogador, seus preconceitos e idiossincrasias, suas posições chauvinistas e o seu repúdio à penetração na Rússia do modo de vida ocidental. Além de fazê-lo viver angústias de amor equivalentes às suas, mas sem que haja propriamente reprodução de sua experiência pessoal.

O que nos resta é fruir o livro como ficção, pois nisso consiste a sua realização como obra.

---

[11] *Um jogador (das notas de um rapaz)*, São Paulo, Bibliotheca de Auctores Russos, 1931. A editora pertencia a Iúri Zeltzóv, que assinava G. Selzoff e realizava as traduções em colaboração ora com Orígenes Lessa, ora com Brito Broca, ambos então escritores principiantes. Um fac-símile da referida edição pode ser consultado em *Da estepe à caatinga: o romance russo no Brasil (1887-1936)*, tese de doutoramento defendida por Bruno Barretto Gomide junto à Universidade de Campinas em 2004.

SOBRE O AUTOR

Fiódor Mikháilovitch Dostoiévski nasceu em Moscou a 30 de outubro de 1821, num hospital para indigentes onde seu pai trabalhava como médico. Em 1838, um ano depois da morte da mãe por tuberculose, ingressa na Escola de Engenharia Militar de São Petersburgo. Ali aprofunda seu conhecimento das literaturas russa, francesa e outras. No ano seguinte, o pai é assassinado pelos servos de sua pequena propriedade rural.

Só e sem recursos, em 1844 Dostoiévski decide dar livre curso à sua vocação de escritor: abandona a carreira militar e escreve seu primeiro romance, *Gente pobre*, publicado dois anos mais tarde, com calorosa recepção da crítica. Passa a frequentar círculos revolucionários de Petersburgo e em 1849 é preso e condenado à morte. No derradeiro minuto, tem a pena comutada para quatro anos de trabalhos forçados, seguidos por prestação de serviços como soldado na Sibéria — experiência que será retratada em *Escritos da casa morta*, livro que começou a ser publicado em 1860, um ano antes de *Humilhados e ofendidos*.

Em 1857 casa-se com Maria Dmitrievna e, três anos depois, volta a Petersburgo, onde funda, com o irmão Mikhail, a revista literária *O Tempo*, fechada pela censura em 1863. Em 1864 lança outra revista, *A Época*, onde imprime a primeira parte de *Memórias do subsolo*. Nesse ano, perde a mulher e o irmão. Em 1866, publica *Crime e castigo* e conhece Anna Grigórievna, estenógrafa que o ajuda a terminar o livro *Um jogador*, e será sua companheira até o fim da vida. Em 1867, o casal, acossado por dívidas, embarca para a Europa, fugindo dos credores. Nesse período, ele escreve *O idiota* (1869) e *O eterno marido* (1870). De volta a Petersburgo, publica *Os demônios* (1872), *O adolescente* (1875) e inicia a edição do *Diário de um escritor* (1873-1881).

Em 1878, após a morte do filho Aleksiêi, de três anos, começa a escrever *Os irmãos Karamázov*, que será publicado em fins de 1880. Reconhecido pela crítica e por milhares de leitores como um dos maiores autores russos de todos os tempos, Dostoiévski morre em 28 de janeiro de 1881, deixando vários projetos inconclusos, entre eles a continuação de *Os irmãos Karamázov*, talvez sua obra mais ambiciosa.

SOBRE O TRADUTOR

Boris Schnaiderman nasceu em Úman, na Ucrânia, em 1917. Em 1925, aos oito anos de idade, veio com os pais para o Brasil, formando-se posteriormente na Escola Nacional de Agronomia do Rio de Janeiro. Naturalizou-se brasileiro nos anos 1940, tendo sido convocado a lutar na Segunda Guerra Mundial como sargento de artilharia da Força Expedicionária Brasileira — experiência que seria registrada em seu livro de ficção *Guerra em surdina* (escrito no calor da hora, mas finalizado somente em 1964) e no relato autobiográfico *Caderno italiano* (Perspectiva, 2015). Começou a publicar traduções de autores russos em 1944 e a colaborar na imprensa brasileira a partir de 1957. Mesmo sem ter feito formalmente um curso de Letras, foi escolhido para iniciar o curso de Língua e Literatura Russa da Universidade de São Paulo em 1960, instituição onde permaneceu até sua aposentadoria, em 1979, e na qual recebeu o título de Professor Emérito, em 2001.

É considerado um dos maiores tradutores do russo em nossa língua, tanto por suas versões de Dostoiévski — publicadas originalmente nas *Obras completas* do autor lançadas pela José Olympio nos anos 1940, 50 e 60 —, Tolstói, Tchekhov, Púchkin, Górki e outros, quanto pelas traduções de poesia realizadas em parceria com Augusto e Haroldo de Campos (*Maiakóvski: poemas*, 1967, *Poesia russa moderna*, 1968) e Nelson Ascher (*A dama de espadas: prosa e poesia*, de Púchkin, 1999, Prêmio Jabuti de tradução). Publicou também diversos livros de ensaios: *A poética de Maiakóvski através de sua prosa* (Perspectiva, 1971, originalmente sua tese de doutoramento), *Projeções: Rússia/Brasil/Itália* (Perspectiva, 1978), *Dostoiévski prosa poesia* (Perspectiva, 1982, Prêmio Jabuti de ensaio), *Turbilhão e semente: ensaios sobre Dostoiévski e Bakhtin* (Duas Cidades, 1983), *Tolstói: antiarte e rebeldia* (Brasiliense, 1983), *Os escombros e o mito: a cultura e o fim da União Soviética* (Companhia das Letras, 1997) e *Tradução, ato desmedido* (Perspectiva, 2011). Recebeu em 2003 o Prêmio de Tradução da Academia Brasileira de Letras, concedido então pela primeira vez, e em 2007 foi agraciado pelo governo da Rússia com a Medalha Púchkin, em reconhecimento por sua contribuição na divulgação da cultura russa no exterior.

Faleceu em São Paulo, em 2016, aos 99 anos de idade.

SOBRE O ARTISTA

Axl Leskoschek nasceu em Graz, na Áustria, em 1889. Formou-se em Direito e trabalhou como juiz, antes de participar da Primeira Guerra Mundial na condição de oficial-aviador. Com o término da guerra, passou a se interessar por artes plásticas, frequentando a Escola de Belas Artes de Graz e a Escola de Artes Gráficas de Viena. Integrou então os grupos *Sezession* e *Werkbund*, trabalhando como pintor, aquarelista, gravador, ilustrador, artista gráfico e cenógrafo. Realizou sua primeira mostra individual em 1921, em Viena. Com a ascenção do nazismo, exilou-se na Suíça, em 1938.

Em janeiro de 1941 chega ao Brasil, fixando-se no Rio de Janeiro. Aqui se estabeleceu como artista e professor, lecionando no curso de artes gráficas da Fundação Getúlio Vargas e em seu ateliê no bairro da Glória — quando teve entre seus alunos Fayga Ostrower, Almir Mavignier, Ivan Serpa e Renina Katz. Realizou exposições individuais, nesta cidade, na Galeria Le Connoisseur (1942), na Escola Nacional de Belas Artes (1946) e no Ministério da Educação e Cultura (1948). Teve também importante atuação como gravador, ilustrando, entre outros, edições de Graciliano Ramos (*Dois dedos*), Carlos Drummond de Andrade (*Dez histórias de bichos*) e Dostoiévski (*Um jogador, O eterno marido, Os demônios, O adolescente, Os irmãos Karamázov*), produção que é considerada um dos pontos altos de sua obra.

Em 1948 regressou à Áustria, onde deu prosseguimento à sua carreira artística. Faleceu em Viena, em 1976.

Este livro foi composto em Sabon, pela Bracher & Malta, com CTP da New Print e impressão da Graphium em papel Pólen Natural 80 g/m² da Cia. Suzano de Papel e Celulose para a Editora 34, em abril de 2025.